随想録

～自然の摂理に従う社会の構築のために～

武田 雄二

文芸社

目次

［設計編］

はじめに

　私は、日頃からいろいろな事を考える。それらを大きく見ると、自然についてであり、それによって誕生した生物についてであり、生物が作る社会や文化であったりする。そして、これからの社会はどの様にあればよいのか、それを実現するためには、どのように社会をつくればよいのか、すなわちどのように設計すればよいのかについても考える。また、自然に対照するものとして社会を考えている。これには、私が非常勤講師として、ある学校で「社会環境デザイン論」という科目の授業を担当したことが大きく影響している。「社会環境」とは何かを考える中で、それに対して「自然環境」があると考えたからである。

「自然」を人間がつくることはできない。しかし、「社会」は人間がつくるものであり、そこに棲む人々は幸せでなければならない。

　また自分の考えを文章にして、客観的に眺めるようにしている。ここでは、これまで私が書き溜めた随想の一部を強引に［自然編］・［社会編］・［文化編］・［設計編］として整理した。

その際、下図のように「見出し」や「あらすじ」を設けて、全体像を分かり易くしたつもりである。ただ、GHQによる「自虐史観」や最近のグローバリストによる「二酸化炭素悪玉説」など、殆んど「洗脳」と呼んでよいほどの影響を、自分の考えにも感じる。

なお、随想は独立しているので、興味のあるタイトルの随想を本書の順序とは関係なく、読んでいただいて結構である。

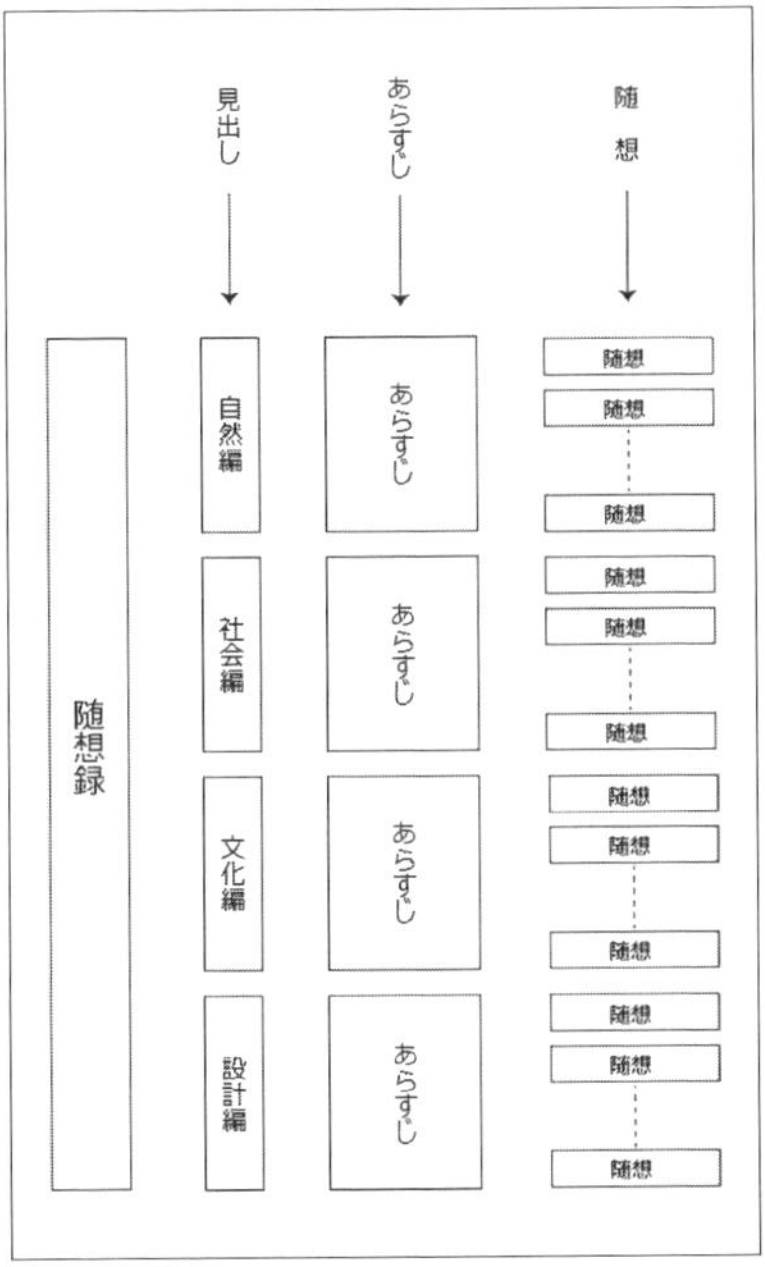

図１　本書の構成

［自然編］

あらすじ

地球は、宇宙に浮かぶ一つの天体である。その地球には、太陽からのエネルギーが光と同じ性質を持って降り注ぐ。地球の誕生については、多くの科学者が観測や思考を繰り返している。日本人には、親しみが持てる「はやぶさ」や「はやぶさ2」の貢献も大きい。私には地球の誕生の経緯は分からないが、書籍やテレビ番組などを通じて自分なりのイメージはある。そして、私たち人間を含めた生物は、地球の自然の中で生まれてきたと思う。

自然という母体があってこその生物であり、生物の中の一つの種である人間だけが、自分たちの都合で自然を改変してはならない。人間は自然が生み出した生物の一つの種であるという意識を持つことが大事であると思う。

そして、様々な種類の生物が地球という一つの天体の中で、お互いに助け合いながら共存している。「弱肉強食」という言葉があるが、間違っていると思う。食物連鎖という形をとりながら、生物はいろいろな種が寄り集まって、一つの有機体をつくっている。

力の強い生物が、他の生物の上に君臨しているのではない。生物の種の違いは一つの有機体の器官の違いのように思える。人間の身体においても、脳が全ての器官に指令を与えていると考えられてきた。しかし、いろいろな器官や細胞からの情報によって、それぞれの器官は人体という一つの生命を運営するために働いていることが分かってきた。

以前、知り合いの作庭家が「庭付き一戸建て」という言葉のおかしさを指摘してくれた。その言葉は、まるで「母親付き子供」と言っているのと同じだと語った。人間を含む生物は、自然という母親から生まれて育まれた。

政体形と生態系

二酸化炭素排出量の増大による「地球温暖化」が問題となっている。また、それが惹き起こすと考えられる現象について、多くの啓蒙書が出版され、報道もされている。そして、「地球温暖化」は世界各地の気候を急激に変化させ、それに伴う〈生態系〉の急激な変化も一般の人々の知るところとなった。

〈生態系〉の急激な変化は、地球上に棲むあらゆる生物に影響を及ぼす。もちろん、人間もその中の一つであり、すでに大きな影響を受けている。しかし、私たち日本人を含む〈先進国〉と呼ばれる国で生活する人々には、〈生態系〉の急激な変化と、それがもたらす影響に対する認識が足りないように見える。

カネさえあれば、どんなものでも手に入る。豊かな食料も得られ、店では様々な商品を買える。猛暑でさえも、エアコンとそれを動かす電気の料金さえあれば乗り切れる。そのような現実が、環境の変化に対する人々の感受性を鈍らせているのかも知れない。

けれども、地球規模での現実に目を向けたとき、事態は異なった様相を見せる。「地球温暖化」による急激な気候の変化により、従来の気候区分は適用できなくなっている。その結果、〈自然の摂理〉に従って生きてきた生物たちは、その生息地を変えたり、絶滅に瀕している種もある。繰り返すが、人間も〈生態系〉の一員であり、気候の変化の影響を受ける。

現代に生きる我々には、真にグローバルな視点が求められている。世の中には、〈グローバリズム〉と言う語が氾濫している。その語の元になった〈グローブ〉とは〈球〉のことであって、〈地球儀〉のことも指す。すなわち、〈グローバリズム〉は「球として繋がっている世界」を、一つのものとして考えることが本来の意味である。

アメリカの大統領が口にする〈グローバリズム〉は、自分たちに都合がよい経済のルールを他の国にまで押し付けるものだと思う。それは本来の〈グローバリズム〉の対極にあるものである。「宇宙船地球号」と言う語もよく耳にする。この言葉は、〈地球〉が宇宙に浮かぶ一つの星であることを言っている。また、真の〈グローバリズム〉を自覚せよとの警鐘のようにも感じる。

私たちは、次の世代に豊かな〈自然〉と、それに裏打ちされた〈生態系〉を手渡せるのだろうか。人類の歴史の中で、現代の我々の行いはどのように評価されるのだろうか。人々の行いを振り返ると、「便利さの追求」が人の宿命であるかのような「社会の空気」

が、いつしかつくられた。

その中でできた「社会の流れ」に乗って、人々はいろいろな物を創り出した。しかし、それがもたらす「環境の変化」への考慮が足りなかった。例えば、ＩＣチップを作るためには、洗浄液が必要となるが、その廃棄によって、環境の一部が破壊された。「軽薄短小」などの言葉で表される、物の一面の便利さだけを見て、それが新たに加わることによる「環境の変化」について、人々は目を向けなかった。このような人々の考え方には、改めるべき点が多くあると思う。

〈文明〉や〈文化〉も〈自然の摂理〉と、それによって生まれた〈生態系〉に基づいてできてきた。確かに〈生態系〉は変化してきた。しかし、現在の私たちが経験しているような、急激な変化を経験した人類はいるのだろうか。

生物の中の人類だけを見ても、それに対応できる〈文明〉や〈文化〉を、早急につくり上げなければならない。また、それは気候の変化や〈生態系〉の変化に応じて「いたちごっこ」のように、つくり直さなくてはいけない。

また、〈経済〉と言う名の欲望が現代を支配しているように感じる。モノによって〈豊かさ〉を得ようとする考えは、それを手に入れるためのカネを獲得することを是認する。

〈豊かさ〉は心が感じるものであり、モノの多さだけが〈豊かさ〉に繋がるとは言えない。例えば、「紅葉狩り」は紅葉を刈り取って自分の物にするのではなく、「眼で狩る」ことであり、自然の〈豊かさ〉を感じ取ることだと思う。〈経済〉も「経世済民」という語を短くしたものであり、世の中を良くして「人々の幸せ」を実現する意味である。しかし、現実を見ると〈経済学〉は、さながら〈欲望学〉になっている。

そして、「勝ち組」・「負け組」の言葉を使って憚らない。アフリカ大陸では〈自然の摂理〉にさえ従っていれば、裸で生活できた人々が飢餓に苦しんでいる。二酸化炭素排出量の削減を目的とした、〈京都議定書〉を批准しない国もある。それも、その国内の〈経済状態〉を変えたくないという、一国のエゴが背景にあると思う。

そのような国の指導者は、「カネは命よりも大事だ」と思っているのだろうか。そして、カネさえあれば他の国はどうなろうが、自分の国だけは生き残れると思っているのだろうか。

このような「社会の流れ」を変え、本来の姿に戻すにはどうすればよいのか。このことは、現代を生きる私たちには焦眉の問題である。そのための働きをするのは〈政治〉だと思う。

〈生態系〉の急激な変化をもたらすほどの「社会の流れ」を、変えることができるのは〈政治〉だと考えるからである。そして〈政治〉には、そのための権力も与えられている。

しかし、現実の〈政治〉の在りように目を遣ると、それを行う〈政治家〉が政権の維持や保身に汲々とする姿しか見えない。今の〈政治家〉は「地球の未来」を考えているのだろうか。彼らのやっていることを見ると、とてもそのようには思えない。

与党の〈政治家〉が間違っていて、野党の〈政治家〉が正しいなどとは思わない。まさに、「政治不信」であり、〈政治家〉と呼ばれる人たちの行いに不審を抱く。この国では、本当の〈政治〉が行われているのだろうか。

互いの足の引っ張り合いや、ゴシップの暴露合戦は何を生むのだろう。ただ、相手の失敗をついても、〈社会〉が正しい方向に進むとは思えない。〈政治家〉には、〈政治〉とは何かについて、真剣に考えてもらいたい。そして、それにふさわしい品格と能力のある人に、〈政治〉を行ってほしい。

それでは、我々はどうすればよいのだろうか。私は、今の〈選挙制度〉に問題があり、それを改めなければならないと考えている。今の〈選挙制度〉は親の地盤を受け継いで、狭い地域の目先の利益を図る〈政治家〉や、特定の団体の利益のみを図る〈政治家〉を、生み出す温床になっていると考えるからである。

立候補し、違反までもして〈政治家〉になろうとする人たちには疑問を抱く。話が脱線するようだが、集団の満足を得なければならない「宴会の幹事」になることは、皆が敬遠する。〈政治家〉は現実社会の中で生活する人々の未来を託された幹事であり、就任をためらう役目であると思う。

そのような役目に、固執する人たちの気持ちが分からない。それらの人たちは、「政治家になることによって、大きな利益を得られる」と思っているのかと勘ぐりたくなる。

近年、盛んに〈政治家〉の違法行為やスキャンダルが報道される。しかし、当の〈政治家〉が処罰されたり、政治生命が絶たれることは殆んどない。醜聞を報じられた〈政治家〉を守る〈政治家〉のグループさえある。また、自らの行いによって辞職を余儀なくされた議員の中には、選挙による禊を済ませたとして、再度の当選後は何もなかったかのように堂々と持論を唱える者もいる。

「酒酔い運転」や「駐車違反」については、その取締りや罰則が厳しくなった。まことに結構なことだと思う。けれども、〈政治家〉の間違った行いに対しては、その処分は余りに甘いと感じる。ひどいときには、処分さえ行われない。

〈政治家〉の違法行為こそ、それが〈社会〉に与える影響を考えると、厳罰をもって臨む必要がある。〈政治〉に携わる人は、「ノーブレスオブリージュ」を自覚しなければならないと思う。しかし、現実の政界には、その自覚をほとんど持たない〈政治家〉が溢れている。

同じように、ゴミの不法投棄や不法な開発などの「自然破壊」には、厳罰が適用されなければならないと思う。「自然破壊」は、多くの人々に悪い影響を及ぼす。そして、それは後に続く世代に対しても、影響を及ぼす。

不要なダムの建設など、「開発」の名を借りた「自然破壊」が、現実に行われている。それらは、〈自然〉を破壊することによって、カネを得ようとする一部の人間の思惑が引き起こす。そして、そのカネの一部が〈政治家〉に流れる。

また、「比例代表制」による当選者には、不自然さを感じさせられることが多い。「小選挙区」で投票者によって否定された人が、「比例代表」ということで復活当選する。ただでさえ、「組織票」が結果を左右する現在の〈選挙制度〉で、それを一層不健全なものとするのが「比例代表制」だと思う。

タレントなど、マスコミで名が売れている人を候補者とする政党がある。そのような行為の背景には、その人の能力を見ているのではなく、知名度を利用して、自身の政党に属する議員の数を増やそうとする意図が明らかにある。

それらの人は、その知名度を有効に利用するため、「全国区」の候補者とされることが多い。そうでない場合も、もし小選挙区でだめであっても、比例代表として当選させるという、政党との約束を信じて、立候補するのだと思う。

現在の〈選挙制度〉で当選した人たちは、「社会の行く末」を考えてくれる選良なのだろうか。私たちの〈政治家〉選びに誤りはないのだろうか。先にも述べたように、今の〈選挙制度〉には、大きな欠点があると思う。

今のままでは、地盤を引き継ぐ議員や、その利益の代弁者となるべく、後援団体の応援を受ける議員がほとんどになる。また、党利・党略による、知名度があるだけで能力は未知数のタレント議員が生まれる。

すなわち、狭い地域や特定の団体そして政党の目先の利益のみを、優先する〈政治家〉ばかりになる。また、そのような〈政治家〉は、「自分たちの利益に反する政治家や主張を持つ人々」を抹殺しようとする者や、まるで政党の操り人形のような者が多い。

このような状況においては、〈選挙制度〉の抜本的な改革が必要になる。日々の生活に追われ、「社会の流れ」に逆らえない一般人の〈社会〉を、正しい方向に導いてくれる〈政治家〉を、選べるようにしなければならない。

そのためには、今のように地域エゴや、特定団体あるいは政党の組織力のみが反映される〈選挙制度〉は改めなくてはならない。私が考えている〈選挙制度〉の改革案の例を示す。それは議員の選出に当たって、「他の地域の人たちや、特定の団体の利益を優先することに疑問をもつ人たち」の意見も反映させることである。

その方法はいくつもあると思うが、当選させたくない候補者には×印を付けるのも、一つの方法であると思う。議員にふさわしくないと思われる人が、〈地域エゴ〉を優先することによって、何期にもわたって当選している。そのような事態を避けることが大事だと思う。

また、「皆の幸せを本気で考えてくれる人」を選ぶことも大事である。そのためには、「学校」における学級委員の選出のような方法をとればよいと思う。すなわち、そこに住む人の行いが直接分かるほどの範囲の地域において、立候補者からだけ代表者を選ぶのではなく、自分たちの代表になってほしい人を推薦する制度も有効である。

「出たい人より出したい人」と言うフレーズがある。正に、その通りだと思う。アメリカの大統領選などは、そのような形に近いものだと思うが、現実にはそれがうまく機能しているとは思えない。「出したい人」を選べるような〈選挙制度〉の確立が望まれる。

〈民主主義〉とは〈多数決〉なのだろうか。もしそうだとしても、50％を下回る投票率の選挙で、わずかに多い票を獲得して選出された議員は、その地域の代表者であるのだろうか。ましてや、「もっと広い地球規模での人々の幸せを考える人」と言えるのだろうか。

〈多数決〉が正しい結論を導くためには、投票する人たちの見識が重要となる。すなわち、投票者の一人一人が自分たちが決定しようとしていることを深く理解していることが前提となる。この前提が成立しなければ、〈多数決〉による〈民主政治〉は〈衆愚政治〉になる。

一部の先導者の意見に付和雷同せず、マスコミによって作られたイメージに左右されないことが大事になる。そして、投票で決まったことの誤りが分かれば、速やかにそれを修正することが必要となる。

〈社会〉を構成する人々は、「専門家を自称する人たち」に〈社会〉の運営を任せるのではなく、自分たちがつくり上げている〈社会〉の健全性に関心をもたねばならない。

真の〈政治家〉を選び出す工夫を重ね、政治のあり方である〈政体形〉を変え、〈生態系〉を守ることが現代に生きる我々に喫緊の課題として突き付けられている。

人間中心主義

「発酵」と「腐敗」は、どちらも微生物の生命活動の結果である。その区別は、人間にとって役に立つ物ができるか、都合の悪い物ができるかで行われる。「役虫」と「害虫」という区別も、人間にとって役に立つか害になるかで行われる。

同じような区別は他の生物でも行われるが、いずれも人間にとって都合が良いか悪いかが、その判断基準になる。これらのことは、これまでもよく指摘されている。

このような話を持ち出したのは「人間中心主義」と呼んでよいくらい、いろいろな場面で物事の価値判断に人間にとっての都合が考慮され過ぎているように感じるからである。そして近年は、とくにその傾向が強いと思う。

例えば、貨幣経済の重視のし過ぎである。貨幣は自然の摂理とは関係なく、人間の「社会」の運営のために考え出された。確かに、貨幣は人間の「社会」の運営のためには便利なものである。

そして、何か災害が起きた時など、決まって被害総額として損害が貨幣を基準として示される。そんな時に、すべての価値の測定のために現代人は貨幣を基準にしていると感じる。

開発や汚染によって、耕地や漁場などが無くなったり、損害を受けた場合も、補償金が支払われ、その償いは済んだことになる。このことなども、完全な人間中心の発想であると思う。

失われた自然を貨幣によって取り戻すことはできない。被害の大きさを貨幣を基準として測ろうとすることなど、すべてを貨幣に置き換えようとすることであり、人間にとっての都合だけを考えることの現れだと思う。

とくに近年は、エネルギーを得ることの重要性が叫ばれている。そのために、石油や石炭などの化石燃料の利用や原子力を利用したエネルギーの創出が図られる。

しかし、化石燃料の利用は地中に蓄えられていたエネルギーを消費することであり、太陽から地球に届くエネルギーと、地球から宇宙に放射されるエネルギーによって保たれていた平衡を崩すことになる。

原子力の利用に関しては、福島の原子力発電所の事故を通して、その危険性が周知された。そのため、原子炉を廃棄して、再生可能とされる「自然エネルギー」の利用を促進すべきであるという意見が力を持った。

「中国」による尖閣諸島の領有権の主張は、日本との間に新たな争いの火種を生み出した。南沙諸島や西沙諸島における「中国」の行いも周辺の国との争いを招いている。これら一連の「中国」の動きは、そこに眠る原油を始めとする資源の独占を狙ったものと思われる。

エネルギーを得ることは、人間の生活が楽になることであり、人間の「社会」を豊かにするとされている。そこには、「楽をすることは良いことである」という考えがある。また、他はどうなろうと人間だけが良ければよいという意識を感じる。

外部からエネルギーを得て、それを利用することは、自らは動かずに他を動かすことになる。清掃を例にとると、外部のエネルギーを容易に得られなかった時代は、行儀や作法によって汚すことを少なくする工夫があった。

しかし、現代では人間が自ら行うべき行為を外部のエネルギーを消費することによって省こうとしている。エネルギーの浪費が自身の幸せに繋がると考える現代人は、「大気汚染」や「地球温暖化」に伴う「異常気象」などによって、「自然」からの「しっぺ返し」を受けていると思う。

いろいろなものに優しく接することは、「思いやり」に通じることもあるが、かえって悪い結果を招くこともある。とくに生物の場合、それぞれの生き方があり、人間の価値判断を持ち込むことは問題となる。

以前、外敵から守ってやることによって安全に孵化させてやろうと、ある小学校では砂浜に埋められた海ガメの卵を校庭に持ち帰った。その結果、産まれてきた子ガメは海にたどり着くことができず、生命を落としてしまった。

子供たちの「優しさ」を感じるが、このことなども自然の摂理に逆らった人間中心の行動と取れる。それを指導した教師も「良かれ」と思ってやったのだろう。また、物事を擬人化することも「人間中心主義」を感じさせることがある。

タイやフグなど、高級魚と呼ばれる人間にとって価値の高い魚が養殖される。そして、イワシなど人間にとって余り値打ちの無い魚がその餌となる。これなども、人間の都合が優先されている。

「農薬」や「殺虫剤」も人間の都合によって創られたものである。古くは、レイチェル・カーソンが著書である『沈黙の春』の中で、当時は夢の「農薬」と言われていたＤＤＴが環境に及ぼす悪い影響について指摘した。

同じように、人間の都合によって考え出されたＰＣＢやフロンが環境を悪化させた。その他にも、人間が生み出した様々な化学物質が「環境ホルモン」や「空気汚染物質」となり、生物の生殖の異常やシックハウス症候群を惹き起こす。

地球には、人間だけでなく様々な生物が棲んでいる。それらの繋がりは「生態系」と呼ばれる。そして、すべての生物は生存のため、他の生物だけではなく、「自然」との適切な関係を持つ必要がある。

ガラパゴス島を訪れた人がとても良い所なので、また訪れたいと言っていた。その理由を聞かれ、「そこでは様々な生物と共存でき、ゆったりとした気分になれるからだ」と答えた。

その時、人間も生物の一つの種であり、いろいろな生物と共生することに安らぎを感じるのだと思った。このことは、近年とくに注目されている「生物の多様性」の大事さを裏付けることにもなる。

ダイバーシティ（diversity）は、「相違」や「差異」のことを言うが、日本では「多様性」とされている。このダイバーシティの重要性が指摘される。安倍首相も、その大事さを強調するが、採られる政策との整合性には疑問が残る。

私は小学校６年生のとき、美術の教科書に載っていたアメリカの建築家フランク・ロイド・ライトが設計した「落水荘」の写真を見て建築の道を歩みたいと思った。何故そう思ったのかを振り返ると、その建物が周りの自然に溶け込んでいると感じたからだと思う。人間の活動も、自分たちの都合だけを優先させず、「自然」との調和を考慮することで、「自然」の中で生きる生物の行いとしての意味を持つ。「里山」なども、その例だと思う。また、最近は「里海」という言葉も使われる。

今、私は大学に勤めているが、大学が建っている山の下に国道1号線が走っている。そこに新しく「道の駅」ができた。近くに大きな車が停まれる店が殆ど無いせいもあるだろうが、予想以上の人が利用している。

大学に勤めている者や近所に住む人たちは、その施設が元々は畑であった所に出来たことを知っている。建物の前には広い駐車場があり、アスファルト舗装がなされている。アスファルトで舗装することで雨の日に地面がぬかるむことは無くなる。平らなアスファルトの上で自動車は、雨の日でも安全に運転できる。しかし、それは土でできた地面に水を通さない蓋をするのと同じである。

それまで雨が降れば、地面に染み込んでいた雨水が舗装の表面を流れて排水口にすぐにたどり着く。大雨が降った時などは、雨水は排水路からあふれ出る。また、土に染み込んだ雨水が蒸発することもない。

水は蒸発することで、周りから気化熱を奪う。その結果、その周囲の温度は下がる。このことは、夏の打ち水によって家の前の道の温度を下げることに利用されている。しかし、アスファルトで舗装された道は、昼は太陽から来る熱を蓄え、その熱が夜に放射されて上部の空気の温度を上げる。

これらの事象は大都会でよく見られ、地下水位の低下・洪水・気温の上昇の原因になる。日本の代表的な古都である京都の地面もアスファルトで覆われ、土の地面がほとんどない。その京都で最も雨水が地面に染み込む場所は「御所」だと聞いた。

近年はエコが大きく叫ばれ、雨水の地面への浸透を図るために透水性のアスファルトなども開発されている。地面に染み込んだ雨水は土で濾過されてきれいな地下水になり、人々はそれを井戸水として利用してきた。

地面に染み込んだ水は、所々で地面に顔を出したり海に流れ込む。そして、一部は蒸発して雲になる。そうしてできた雲から水は雨となって地面に降ってくる。その時に必要なエネルギーはすべて太陽が供給している。

山に降った雨も直接に河川を流れたり、土で濾過されて伏流水や河川の水になる。山の土や樹木は雨水を保つ役割を果たし、山は「天然のダム」と呼ばれる。この「自然」の仕組みも、ゴルフ場の建設や宅地の造成などによって破壊されている。

このような水の循環について、知られてから長い時間が経っている。その知見を、まるで無視するかのように大学のすぐそばに「道の駅」はできた。その建設は水の循環を考慮していない。そして、その建設に疑問を呈すべき大学人の中には、その施設の繁盛ぶりを賞賛する人もいる。

また、建物はシックな色合いが施され、遠慮がちなイメージを人に与える。しかし、この建物と前の広い駐車場によって水の循環は大きく変わり、「生態系」も変化させられた。この「道の駅」は、繁盛することによる「貨幣経済効果」や視覚を通じてだけ伝わる「人間にとってのイメージの良さ」を考慮している。つまり、この施設も結局は人間の都合だけに気を配ったものだと思う。

「開発」や「建設」は個人あるいは限られた人間にとっての都合が優先される時もある。すなわち、一部の人間たちのエゴによって「生態系」を含む「自然」が破壊されることがある。

人間は「自然との調和」を考慮して活動しなければならない。このことは、レイチェル・カーソンが『沈黙の春』の中で、人類の歩むべき「別の道」として述べている。

現在は「生物の多様性」や「サステイナビリティ」の重要性が叫ばれている。人々は「自分たちは地球に棲んでいる多様な生物の中の一つなのだ」という意識に基づいた行動をとることが大事だと思う。

民主主義と異常気象

昨今は、これまで人類が経験したこともない台風や大雨など、「異常気象」と呼ばれる現象が頻繁に起きる。そして、これからも気象の異常は、その激しさが増すとともに、発生する回数も増加していくと思う。

その原因は、現代人のエネルギーの使い過ぎであると、私は思っている。今まで地中に眠っていた化石燃料に蓄えられたエネルギーを消費して、自分たちの暮らしを快適にしようと、現代人は考えている。また、取り出されるエネルギーの使用効率も、未だに100％を大きく下回っている。

使われなかったり使えなくなったエネルギーは、大気を含めた周りの環境に放出される。棄てられたエネルギーは、大気や海水の温度を上昇させる。それらのエネルギーが気象に異常をもたらせる。気象だけでなく、気候まで変わってしまった地域もある。

また、エネルギーを取り出すために行われる燃料の燃焼に伴って発生する物質は、大気を始めとする環境を汚染する。汚染された大気や水は、人の健康を蝕む。このようにして、現代人は自分で自分の首を絞めることになる。

以前は、王侯貴族などの特権階級に属する少数の者たちだけが無駄の多いエネルギーの消費を行っていた。そのエネルギーの中には、それまで化石燃料のように地球に蓄えられていた物だけではなく、下僕の働きによる生物エネルギーも含まれていた。

最近は、「シェールオイル」や「メタンハイドレート」など、新顔のエネルギー源も出てきた。原子に蓄えられているエネルギーを取り出すための「原子力発電所」は、たび重なる事故によって、その危険性が証明された。そして、その対策として「再生可能エネルギー」の名称を付けられた「自然エネルギー」の消費が図られている。

いずれにしても、現代人は一度手に入れた生活の快適さを手放したくないのだろう。そこに付け込む電力会社は、「エネルギーの安定供給」のために必要だとして「原子力発電所」の再稼働をもくろむ。

先人たちの命を賭けた努力によって、「民主主義」の世の中が到来した。そこでは、「民」が「主人公」になるのではなく、新たな「主《あるじ》」になってしまった。そして、それまで特権階級が謳歌していた生活スタイルで、「民」までもが暮らし始めた。

その時の下僕の役割を石炭や石油などの化石燃料が果たした。批判していた「特権階級」の行いを多くの「民」が真似た。人の移動にも、列車や自動車が用いられて大量のエネルギーが消費された。

また「産業革命」によって、人々の労働によるエネルギーは石炭が蓄えていたエネルギーに置き換えられた。そのエネルギーは機械が消費し、結果として世の中に大量の製品が出回り、多くの「民」はモノが溢れた生活を送れるようになった。

「民主主義」とは、「民」が「主《あるじ》」になるのではなく、「主人公」になることだと思う。別の言い方をすれば、「特権階級」の命令に従っていた「子供」が地球全体のサステイナビリティに配慮する、自立した「大人」になることだと思う。

「民」が新たな「特権階級」になってはいけない。「物質的豊かさ」だけが人の評価の基準となる「社会」を造ってはいけない。世の中の「大人」と呼ばれる人たちは、後に続く世代に手本を示さなければならない。

フランスの経済哲学者であるセルジュ・ラトゥーシュは「脱成長」という概念の重要性を指摘している。そして、自律的で共愉に溢れる「社会」の構築を人々は目指すべきであると主張している。

まったくその通りだと思う。「物質的豊かさ」だけが人々に幸福を与えるのではない。古くから人類に問われている「豊かさとは何か」という命題を、人々は喫緊の課題としなければならない。

繰り返すが、「民主主義」は「民」が新たな「主《あるじ》」になることではない。「社会」に棲む人々の進む方向を「多数決」で決めることでもない。「民主主義」の世の中では、人々は真の豊かさに満ちた「社会」を造るとともに、運営できる「大人」でなければならない。「異常気象」を常態化させる「生物」であってはいけない。

「再生可能エネルギー」という第3のパンドラの箱

電車に乗っていると、それまで畑であった所や空地に「ソーラーパネル」が所狭しと並んでいるのを見ることがある。「太陽光の持つエネルギー」を電気に換え、それを利用することで「化石燃料」や「原子力」を利用する電気は使わないという決意の表れに見える。そして、そこで得られた電気は自分たちが使うだけでなく、売って利益を上げることもできる。急激な「ソーラーパネル」の増加には、新たなビジネスチャンスの狙いが大きく影響しているとも思う。

「ソーラーパネル」の他にも、風力発電のための「風車」も増えた。これらは、すべて「再生可能エネルギー」を使うものであり、CO_2の増加や放射線の危険を伴わない「エコな発電」であるというイメージを多くの人が抱いている。

さて、「再生可能エネルギー」とは何だろうか。「エネルギー」は再生するのだろうか。そんな馬鹿なことはない。使った「エネルギー」は再生などできない。ただ、太陽から地球に届く「エネルギー」が形を換えた「自然エネルギー」を「再生可能エネルギー」と呼んでいるだけである。

「再生可能」な「エネルギー」であるから、いくら使ってもよいと考える人が多いと思う。しかし、それは今まで自然を動かしていたものである。その自然の中には人間以外の生物も含まれる。

そのような「エネルギー」を、人間という自然の中で生まれた一つの生物だけが使ってよいのだろうか。人間の「社会」で他の構成員のものを奪ってはダメなことは皆が知っている。それを知っているはずの人間が誤ったことを平気で行う。

私たち人間がすぐに行うべきは、少しでも「エネルギー」の消費を少なくする「生活スタイル」を考えることである。「再生可能」という言葉に騙されてはいけない。「再生可能エネルギー」は「原子力」に続く「第3のパンドラの箱」である。

コンビナートのナイトツアーに想う

煌々と輝く夜景が綺麗だと、コンビナートに立ち並ぶ工場を視るナイトツアーが若者に人気らしい。そのことをテレビのニュースで見たとき、私は「ゴジラ」を連想した。「ゴジラ」は、放射能をエネルギー源として生きる。「ゴジラ」を考え出した人は、人間の「社会」が便利さを追い求め、放射能汚染が広がってしまうことへの警告を発していたと思う。

私には、コンビナートに密集するパイプがむき出しになった工場は、「経済性」を追求する現代人の考えや「大気汚染」の象徴のように思える。また、照明は現代社会が要求する化石燃料などの「外部エネルギーの大量消費」を実感させる。

そんな工場の群れの夜景を美しいと感じる人が現れた。それは、人間という生物の「環境」への適応かも知れない。そのような人々をおかしいと思う私は、現代の「環境」に適応できていないのかも知れない。

ただ、自身の生まれ育った「環境」を少しでも長く残そうとするのも、生物としての「習性」だと思う。そこでの「環境」は「自然」がつくり出すだけではなく、地域に根ざした「文化」や「風習」もその創出に貢献する。

「環境」は絶えず変化する。けれども、人類が共に生きる「環境」はサステイナブルでなくてはならない。人類の行いが目先の利益だけを追い求め、その結果として人類の破滅をもたらしてはいけない。

そして、「環境」のサステイナビリティは、この地球に生息しているすべての生物にとって必要だと思う。人類の繁栄だけを願っても、それは「自然の摂理」としてあり得ないと思う。

夜の闇に照らし出された工場の姿に、感嘆の声を上げている若者を見たとき、この人たちと私の「美意識」は違うと感じた。自身とは異なった「価値観」などを持つ人を指して「宇宙人」と呼ぶことがある。

現代はあまりに人類の利益だけを優先しているように感じる。そのような現代社会が目指す「便利さの追求」や「経済至上主義」が、私とは「美意識」の異なった「宇宙人」を現出させたと思う。

追伸のようになるが、コンビナートだけではなく、いろいろな場所の夜景の素晴らしさを再評価しようという動きがある。「夜景観賞士」なる資格もできた。このような流れが人間による「外部エネルギーの大量消費」の是認に繋がることを危惧する。

「ソロキャンプ」のブームに想う

最近、「ソロキャンプ」と呼ばれ、一人でするキャンプが流行っている。そして、キャンプの場所がある山林を買い取る者まで現れてきた。確かに、現在の山林の価格は低く、一般の個人でも入手できる。

しかし、その価格は人間社会が産んだ資本主義の市場経済における「需要と供給」によって決まったものである。山林だけでなく、都会に比べると地方の土地の価格は非常に低い。需要を喚起しているものは何なのだろう。

そして、そこでの食べ物もその場の水や山菜を利用しているが、ひき肉やソーセージなど、都会で作られたものも使われる。何だか、都会での生活が基本にあって、一人の時間を楽しむために「ソロキャンプ」があるような気がする。

山林は、人間を含めた多くの生物に恵みを与え、その生命を維持させる。山林を買い取ることは、山林の機能を維持する責任を負うことになる。ブームになっている「ソロキャンプ」は「いいとこ取り」をしているように感じる。

自然の中で自分一人で生活するのは、自給自足をすることである。NHKのドラマ『洞窟おじさん』のような生活をすることだと思う。自然の破壊には目もくれず、貨幣の獲得を目的とする都会生活の疲れの癒しに、残された自然を都合よく利用してはいけない。貨幣は、人間が自分たちの社会における便利さを高めるために考え出された。その貨幣では、山林という自然の価値を表すことはできない。そして、失われた自然を貨幣で取り戻すことはできない。

価格差によって内地産の樹木は売れずに、多くの国内の森林は荒廃して洪水を惹き起こすことがある。「緑の砂漠」となってしまった山林もある。「ソロキャンプ」の流行が、それらのことを加速させてはならないと思う。

価格の高低だけで、物の価値は表せない。けれども、現実にはそのようなことが行われている。そして、価格は地方によって異なる。例えば、都市と他の地域の土地の価格であったり、物価であったりする。

このことは、年金生活者の移住に端的に顕れている。その中には、為替のレートを利用して海外に移住する者もいる。移住者は「ウサギ小屋」と呼ばれるような狭い住居ではなく、自然に囲まれたゆとりの有る住居で暮らすことができる。

年金生活者だけではなく、テレワークが可能ということで軽井沢などの自然に恵まれた土地に移住する働き盛りの人もいる。そして、その暮らしぶりを見ると都会での生活を持ち込んでいる。そこでの住居や事務所となる建物の建設のためには、山林が切り開かれた。「自然が好きだ」と言いながら、自然を破壊していることに気が付かなければならない。最近は、都会でも樹木が多く植えられている場所もあるが、それらは枝ぶりのよい樹木を地方の山林から採ってきたものであり、それを運ぶために切り倒された樹木もある。

地方への移住の多くは、自然が破壊された都会の息苦しさを逃れて、自然が残っている場所で便利な都会生活を営もうとしている。それらは、自然が豊かな土地に「資本主義を前提とした快適な都会生活」を人に営ませるウイルスが蔓延する兆候のように思える。

また労働賃金の違いは、いろいろな物の他国での製造を促進する。近頃は「技能実習生」という名で、安い労働力を得ることも行われている。また、いろいろな店の店員としても外国人が働いている。至る所で、日本語がうまく話せない人が多くなった。

価格という人間が勝手に決めたものを重視することは、貨幣に隷属しているのと同じだと思う。隷属することは、他の者の所有物になってしまうことであり、自由を奪われる。人は自ら奴隷になってはいけない。

マッチポンプ

近年は、農村の過疎化が進んで人が住まなくなった農家が多い。そのようにしてできた空き家を都会の企業が保養所として利用することがある。そして、それは新しくて良い試みだとして報道される。

そんな農家に、パソコンを持ち込んで滞在したＩＴ企業の社員が、利用の印象についてテレビ番組のインタビューを受けた。その時、「自然を感じることができて、とても癒された」と答えていた。

聞かれた人の表情は、自然を満喫しながら仕事もできることで、解放感に溢れていた。そんな表情に、やはり「人間は、自然の中で暮らすようにできているのだなあ」と思うともに、一種のおかしさも感じた。

都会には企業がいくつもでき、すべてが他の企業と競争を繰り返している。そこで働く人々は、否応なしにその競争に巻き込まれて、身体的にも精神的にも疲れる。そこで繰り広げられているのは、貨幣をめぐっての競争である。

そして、そのような企業の活動が盛んになるほど、都会と農村の貨幣を主体とする経済格差は拡がる。「経済」は中国語の「経世済民」を略したもので、必ずしも貨幣が主体にならなくてもよいはずであるが、現在は貨幣を多く持つ者が豊かであるとされる。

その格差が若者を農村から離れさせて、都会に住まわせる。そのために生まれた空き家に、都会の企業戦士が疲れた心身を癒しに来る。都会で人々が行っているのは、心身ともに人を疲れさせることなのだろう。

これも、貨幣経済の過度な進展が生み出した現象のように思う。カネを稼げるところに人は動く。人はカネに動かされているように感じる。確かに、カネさえあれば何でもできるように見える。だが、人はカネで幸せを買えるのだろうか。

また。都会で働く人たちが郊外の森林の中に家を建て、共通の庭を設けることが盛んに行われる。そこでは、通風や樹木の日射遮蔽効果など、自然が与えてくれる快適性を享受できる。そのような快適さは、都会では感じることができない。

皆の顔が分かるほどの人の集団では、そこに属する人との繋がりを実感できる。同じような環境を求めて住んでいる人とは、いろいろな事に共感できる。助け合いが当たり前のように行える。様々な行事に、皆が参加する。

ただ、そのような住宅に住むためには、自動車で通勤することになる。また、その住宅も理想的な都市型住居であることが多い。そして、そのような生活スタイルの獲得は都会における収入に負っている。

そこに住む人は、何か「いいとこ取り」をしようとしている気がする。自身が、昼間に都会で行っている経済活動が自然を破壊する。一方で、住環境の快適性を得るために、残り少なくなった自然を利用しているように感じる。

過疎地の空き家を都会の企業が保養所として利用することや、都会で働いている人が自然の残っている郊外に住むことは、マッチで火をつけて火事を起こし、自らポンプの放水によって火事を消す「マッチポンプ」を私に連想させた。

［社会編］

あらすじ

社会は人間がつくるものである。もちろん、人間以外の生物も社会をつくる。近頃は、人間以外の生物がつくる社会を眺めることで人間社会の在り方が研究されることもある。人間に近いとされるサルなどは、絶好の生物とされる。ただ、餌付けされたサルの社会は本来のサルの社会と異なる。

社会は自然環境の影響を大きく受ける。また、そこに属する個体の数によっても異なる社会ができる。農耕や狩猟といった食料の調達方法も、できる社会に違いをもたらす。すなわち、様々なものの影響の下に異なる社会がいくつもできる。

日本では「結《ゆい》」や「もやい」を結成することによって、一人では無理な大きな規模のことを人々が手分けして成し遂げた。そのためには、日頃からの人々の繋がりが大事であった。そして、そのための仕組みが伝統的な社会にはあった。祭りなども、その一つだと思う。

多くの人で構成される集団における方針の決定も、現在では「民主主義」の名の下に

「多数決」が最善の方法とされている。しかし、集団の方針の決定には様々な方法がある。ある日本の集落では、徹底した議論を尽くすことを前提とした「全員一致」という方法が採られている。

多数の個体で構成される社会の健全さを保つためには秩序が必要だと思う。その秩序は、構成する個体が成長する中での学びがもたらす。日本の人間の社会においては、そのような学びを与える集団として会津の「什《じゅう》」や薩摩の「郷中（ごうちゅう、ごじゅう）」が有名である。

それらは様々な環境で育った子供たちでできており、知らず知らずに人間の多様性を学ぶ場になったと思う。そして、年長の者は年少の者を守らねばならないという使命感も培われたと思う。

しかし現在では、子供たちは塾で同じ年齢の子供と学習テストの成績だけで競争させられる。その結果、意識の低い子供は学習テストの得点が人間の優劣の基準になると考えてしまう。まるで、親がかりで子供をいびつに育てている。

自動車が家の前を行き交い、子供たちが群れて遊ぶこともできない。そのような住環境も、それに拍車をかけている。勢い、子供たちは狭い自分の部屋に様々なものを持ち込み、ゲームに熱中する。

コミュニティーとは何か

「コミュニティー」という言葉がよく使われる。そして、それは人と人との繋がりによってできるものであり、大事なものとして人々は捉えている。とくに、東日本大震災の後には、人と人との「絆」がクローズアップされている。

ここで、改めて「コミュニティー」とは何かを考えてみたい。人にとって、一番身近な「コミュニティー」は家族だと思う。生まれてきた人も年が長じてくれば、同じ目的に向かって頑張るクラブやボランティアの団体などの仲間の集合も「コミュニティー」になる。そこでは、周りの人が自分のことを考えていてくれると感じられる。「アットホーム」な雰囲気を感じることができ、身構える必要はない。気を許せる人たちに囲まれていると素直に感じられる。

そして、他の構成員が慰めてくれたり励ましてくれるだけではなく、自身の働きが他の構成員のためにもなることが実感できる。他の人の喜ぶ顔を見て、自身も喜ぶことができる。利己ではなく、利他が当たり前のように行える。

そのように考えると、「コミュニティー」はそこに属する人が胃や腸のような器官となる一つの生き物のように見える。そして、そこに属している人は共生しているのだと思う。「社会有機体論」は古くからあるが、これなども人の集団である「社会」を一つの生き物として捉えようとするものである。


それとは反対に、人の集団は身分の上下関係を生み出し、封建的になって人から自由を奪うと考えられるようになった。とくに近代以降は、「村」などの「コミュニティー」は破壊されるべきものであり、人を「個」として捉えて扱うことが重要であるとされてきた。日本の伝統的な村落は、コミュニティーであった。そこには、皆が一丸となれる物事の決定法があった。そして、そこでは村民によるチームができた。それらのことは、哲学者の内山節《たかし》の一連の著書で知ることができる。

人を「個」として扱う考え方は、「個室」を重視する住宅の設計のあり方などにも表れている。しかし、阪神大震災からの復興のための仮の住宅として、多くの人を共同で生活させるために建設された「コレクティブハウス」における住人の協力が注目された。

また近年は、住人のプライバシーを確保しながら、入居者どうしの協力を促すために、高齢者施設において従来の病室型の居室となることを避け、食事などをする共通のスペースを個室が取り囲む「ユニット化」が図られている。

これらは、行き過ぎた「個」の尊重と人の繋がりの意義についての認識の無さへの反省の結果であると思う。そのような状況の中で、大家族や共同体の長所が見直されている。もちろんのこととして個人の尊重は大事であり、それは個性の尊重にも繋がる。ただ、それればかりではなく、「個」と「個」の繋がりへの考慮の必要性が叫ばれている。災害を蒙った場所にも「仮設住宅」ではなく、「仮設市街地」を建設しなければならないという考えが起きてきた。これも、人が生活するためには、寝食のための場所を早急に用意するだけではなく、他の人との繋がりを実感できる場も提供する必要が認識されてきた結果だと思う。

人間は「社会」をつくる「社会的動物」だと言われる。確かに、人間は一人では生きていけないと思う。複数の人間が共生するときの欠点だけを挙げてはいけない。人は「他の人との繋がり」の中で自身のアイデンティティを確認できる。

実際に、ボランティアに生きがいを見つける人も多い。阪神や東北の震災の後、ボランティアとして働きたいと申し出た人の多さには驚いた。平時であっても、自身の「社会」

の中での役割を確認しようと、「プロボノ活動」を行う人も多くいる。「コミュニティー」の形成のためには、そこに属する人の顔が分かることが大事だと思う。集団内での行為の主体が分からない匿名性のある集団では、「コミュニティー」の形成は難しいと思う。

集団の規模が大きくなると、次第に匿名性が増す。その時、匿名性を利用して自己の利益だけを図る人間が現れることがある。ただ、規模が大きくなっても、必ず利己的な人間が生まれるとは限らない。

匿名性を利用する利己的な人間を生み出さないためには、「集団の運営の規律を守るシステム」が集団の規模が大きくなっても有効に働く必要がある。そのための一つの方法として、大きな集団を小さな集団の集合として捉えることも有効であると思う。

NHKの大河ドラマ『八重の桜』のお陰で、会津に皆の目が注がれるようになった。そこでは、「什《じゅう》」と呼ばれる子供たちの集団があり、「什の掟」と名付けられたルールがあった。

そこで育った藩士の子弟が、やがて会津戦争で官軍に対して無私の精神で戦った。有名な「白虎隊」もそのような育ち方をした者たちで構成されていた。「什」と同じような性格のものとして、薩摩には「郷中（ごうちゅう、ごじゅう）」があった。

そのような集団では、年長者を敬うことが当たり前であった。そこでの「掟」は年長者への尊敬が前提となっている。そして、年長者は偉そうにするだけではなく、年下の者の手本となることを実践した。

集団の規模や性格の違いで必要なシステムは異なると思うが、国家規模の集団では、「政治家」と呼ばれる人々がその構成員である国民に選ばれ、システムを作るとともに運営を任されている。

ここで、社会における「教育」の重要性に気が付く。もちろん、集団をリードする人たちの見識は大事である。けれども、その集団に属する一般の人々の意識が「集団の運営」の健全さの前提になり、そこに規律を感じさせると思う。

一人一人の顔は見えなくても、自身の属する集団を良くしようとする意識を集団の構成員が抱くことの大事さを感じる。「自分さえ良ければよい」と考えるのではなく、「自分の属する集団のために役に立とう」という想いを集団の構成員の全員が持つことが大事だと思う。

そのような意識を各々の構成員に植え付ける働きをするのが「教育」だと思う。もちろん、それは「学校」だけで行われるものではない。「家庭」や「地域」もルールを含めた

「集団を健全に運営するためのシステム」を知って、身に付ける場になる。

多くの人が属する集団の運営の健全さを保つため、他の人には集団のルールを守らせて自分だけはルールを守らない人を増やしてはならない。利他の実践は難しいと思うが、利己のみを考える人間を放っておいてはならない。


「道徳教育」と言うと、何だか戦前の「軍国主義教育」と同じように感じる人が多くいる。確かに、「戦争の推進が国家の運営のために最も重要である」という雰囲気の中では、「道徳」は国民を戦地に送るために利用された。

しかし、本来の「道徳」は社会の運営のためのルールであり、その周知と実行は健全な「社会」の運営のために欠かせない。それは教えるだけではなく、次の世代の「社会」を担う人に、その実践を見せることが重要である。

「学校」・「家庭」・「地域」などと場は違っても、社会で生きていくための方策を教えるだけではなく、「大人」が手本を見せることによって社会の運営のためのルールを「子供」に身に付けさせることが「教育」の大きな目的であると思う。

最近は、年齢の異なる「子供」が集団で行動することが少なくなった。昔は、「什」や「郷中」に似た集団が全国にあったと思う。現代においても、そのような性格を持つ集団の中で「子供」は育ってほしい。

人間という生物の種に限っても、その持続可能性を考えると「個人」だけではなく「個人の集合」の大事さが見えてくる。そして、それが生み出されるとともに健全な運営が継続される仕組みを、現代に生きる人々は考えなければならない。

「民主主義」を考える

「民主主義」は現代において、最も正しいイデオロギーとされているように感じる。そして、このイデオロギーを広めることによって、世界の平和が実現できると、多くの人が考えている。アメリカの大統領などは、「民主主義」を根付かせるためとして、他国に戦争まで仕掛ける。

さて、「民主主義」とは何だろう。「民主」は「君主」の置き換えで、「民」が主《あるじ》となることであろうか。「民」が主であるとは、どのようなことなのか。大正デモクラシーの旗手であった吉野作造は「民主主義」ではなく、「民本主義」という言葉を使った。

すなわち、君主による専制主義ではなく、「民」のことを第一に考える「民衆本位主義」が大事だと考えたのではないだろうか。一人あるいは一部の人間のために、世の中を動かすのではなく、「より多くの民衆のために、世の中を治めることが大事」と考えたと思う。

人々は、社会を構成する者の全員が幸せに感じる、社会の実現を望んでいると思う。以下、「民衆が主体となる社会のシステム」を「民主主義」と呼ぶ。すなわち、「社会に生きる人々のすべてが、主人公となる社会のあり方」を指して、「民主主義」と呼びたい。

形としては合議制をとっても、民衆のことを考えなければ、真の「民主主義」ではない。その逆に、一見は「専制主義」のようであっても、民衆を第一にした政治は行える。その実例は、作家の塩野七生が『ローマ人の物語』で描く、古代ローマの皇帝による治世にあると思う。

古代ローマにおいてユリウス・カエサルは、硬直した社会を立て直すために、共和制から帝政に国を変革しようとした。カエサルは独裁者になって、自分の思い通りに国民を操ろうとしたのでは、決してない。「共和制」の名の下に、合議による決定がなされていた国の政治が、うまく機能していなかったことを改めようとしたのだと思う。

それは、「共和制」が長く続き、「元老院」という新たな専制君主を作り出していた社会の変革であったと思う。カエサルは私利私欲に走る人では、絶対になかったと思う。カエサルのビジョンを理解できず、従来の考えから抜け出せない人たちによって、カエサルは暗殺された。

「合議制」や「多数決」は絶対に正しいとする考えが、人々を支配しているように感じる。しかし、これらが正しくあるためには、その投票権を持つ人たちが目先の利益にとらわれずに真実を見つめ、各自の考えに従うことが前提となる。他の人の意志が反映した世論などで、人々の考えが操られないことが重要である。

わが国の戦前の軍国主義・中国の文化大革命・カンボジアのポル・ポトの治世など、間違った考えに多くの人々が従って、悲惨な結果を招いた例を枚挙すれば限りがない。現在でさえ、北朝鮮や中近東では悲惨な現実を見ることができる。そして、間違いを指摘した人たちは、大多数の人々から迫害を受けた。

民主国家を標榜する国においても、時の権力の間違いを指摘した人が暗殺されたと思われる例は、今でもある。そのようなことは「恐怖政治」に繋がり、「民主主義」の実現を遠ざける。国を構成する人々が、自身の意見を素直に言えることで「民主主義」が成り立つと思う。

社会を扇動して、人々を操ろうとする人間は詭弁を使う。それらの人間は、一時の方便として採られた手段が、さも真理であるかのような前提に立ち、論理を展開する。そして、多くの人々はその論が正しいように思わされる。

ただ、それら多くの人々も、その論に従って社会が進むにつれ、何だかおかしいと感じるようになる。けれども、その時にはすでに大きな社会の流れがあり、それに逆らえる人はごくわずかである。

わが国の歴史を振り返っても、戦前には「国民の幸せのためには戦争が必要である」という論に基づく、社会の流れがあった。そして、その流れが間違っているとして、戦争反対を訴えた人を、人々は仲間はずれにした。

多くの人々は、社会の流れに逆らうことを恐れるとともに、それを変えることもできない例だと思う。敗戦のあと、戦争は間違っていたと言う人の方が多くなったのは、どういうことだろう。


現在では、戦争をしたという事実は歴史上の事柄となり、岡目八目で眺めることができる。まるで、集団ヒステリーのような当時の人々の行動が間違っていたことは、多くの人たちが認めるところである。

現在の私たちの行動は、そのような過ちを繰り返していないだろうか。過熱する受験戦争・自衛隊の海外派遣・貨幣経済至上主義などには、同じような社会の流れを感じる。

「民主主義」が金科玉条とされる現代の「社会」を眺めたとき、人々は現実の正しい認識に基づく、各自の考えを持っているのだろうか。

「王制」や「君主制」から「民主主義」に変わるためには、民衆の意識の変革が要る。喩えれば、親の言うことに従っていればよかった「子供」から、自立した「大人」になるのと同じである。そして、「民主主義」における主人公である民衆は確かな知識に基づいた信念を持たねばならない。


「民主主義」の実現のためには、「多数決」が当然のように採用される現在、その前提について考え直すことが大事だと思う。「民主主義」の名の下に、実質的な「専制主義」がまかり通ることがある。

哲学者の内山節《たかし》は、日本の伝統的な共同体について実践を伴った思索を重ねている。その著書によると、日本の伝統的な集落での物事の決定は「多数決」ではなく、「全員一致」が原則であった。

「全員一致」を原則とする物事の決定は現実的でないと多くの人は考える。けれども、共同体が一丸となって物事にあたるためには、必要なことだと思う。

そのためには、徹底した議論が要る。議論に参加する各人が自身の考えを素直に述べなければならない。それによって、議論の参加者は考え方を拡げることができる。

時間はかかるが、最後には共通の目的に向かって共同体が動くことができる。まさに、共同体が同じ目標を持った一つのチームになる。徹底した議論は「チームメイキング」のためには必要不可欠である。

ただ、その決定が間違っていることがある。そのような時には、直ちに議論を通じてやり方を改めなければならない。まさに、「改めるに憚ることなかれ」である。


「アメリカ」は「民主国家」を自負しているが、スティグリッツを始めとする経済学者だけでなく多くの一般国民が、そこには「格差」が厳然として存在することを指摘している。国民のわずかな割合を占める「富裕層」がカネによって自身にとって都合の良い規則を政治家を利用して定める。

理想的な「法治国家」としても自負を持つ「アメリカ」では、定められた規則は絶対になる。しかし、その決定の過程に問題のある規則がそこではのさばっている。そのような国は、本当の「民主主義」に基づいて運営されているのだろうか。

「富裕層」という新たな支配階級が他の国民の富を搾取している。現在の「グローバリズム」も発展途上国の富を先進国が搾取するためのイデオロギーになっている。このような状態は、「民主主義」の実現を遠ざけると思う。

「経済」とは何か

「経済」という言葉は、いろいろな場面で使われる。そして、何事も「経済的」であることが求められているように思う。NHKのニュースでも、最後には必ず「今日のマーケット情報」のコーナーがあり、株価や円のレートが紹介される。

「経済的」は「無駄がない」と同義に使われることがある。本来の「無駄をなくす」とは、与えられた物を使い切ることであって、流行語にもなった「MOTTAINAI」の精神を活かすことである。しかし、現代の社会で使われる「経済的」という言葉には、すべてをカネに置き換えるという考えが背景にあると思う。

このような社会の空気は、人々に「経済」の重要性を、否が応にも意識させる。「日経新聞」を読んでいる人は、高尚な人だと思われたりする。そして、知らず知らずにカネのことを考えることが、人生の中でもほとんど一番と言ってよいほど、大事なことだと思わされる。

さて、「経済」とは何だろうか。一般には、「エコノミー」の日本語訳としても用いられている。「エコノミー」は、ギリシャ語の「オイコノ・ノモス（家政の秩序）」を語源とする。なお、「経済」という言葉は中国に由来する「経世済民」を略したものである。そして、それは「世の中を良くして、人々を幸せにすること」だと思う。

このように考えると、「経済」の目的は人々の幸せの実現であり、「政治」の目的と同じであって、必ずしもカネが媒体でなくてもよい。しかし、現代では日本だけでなく多くの国で、「経済」はカネを媒体とするものとして捉えられていると感じる。

カネを媒体とする「経済」は「貨幣経済」であり、「貨幣経済」と「経済」は同義ではない。しかし、現代人は「経済」はカネによって動くと考えているように見える。そして、「貨幣経済」を制御するために、「金融政策」が偏重されていると思う。

そのカネの誕生を考える必要がある。カネは物々交換が市場の原理であった時代に、同時に物を交換できなかった場合の「確かに物を受け取った」という証として誕生した。そのため、それはすぐに破損したり消滅するような物では困る。

そこで、人間の生命に比べて寿命の長い「貝殻」や「金属」などがカネとして使われたと思う。その名残が金銭に関係する漢字の偏に「貝」の字が使われていたり、「お金」という語が使われることにあると思う。

すなわち、カネは「信用」の代替物であり、英語ではカネはmoneyに、「信用」はcreditに該当すると思う。このように考えると、「信用」という形のないものを、眼に見える形にした物がカネだと言える。大量に物が獲れた時や、収穫できる時期が違う物を交換する場合には、「信用」をカネという形にすることは有効である。

もともとカネは腐ったり、無くなってしまう物の代替であるのだから、その価値も時間の経過とともに減らなければならないと考える人もいる。カネの成り立ちを考えると、カネが利子を生むことは、決してないはずである。イスラム教では、利子を禁止している。ドイツの経済学者シルビオ・ゲゼルは、カネの本質を捉えた理論を唱えた。１９３０年代の世界恐慌の折に、その理論に従ってオーストリアのヴェルグルという町は、「労働証明書」を発行して不況を脱した。しかし、その発行は時のオーストリア政府によって禁止された。

また、カネを媒体とすることによって、物と物との交換だけでなく、物とサービスの交換やサービスとサービスの交換が地域を限定することなく、スムーズに行える。このようなカネの働きは、人が作る「社会」を身体に喩えたときの「血液」を連想させる。

「信用」の裏付けのあるカネが流れるのは結構なことだと思う。けれども、その裏付けのないカネが流通することもある。そのことはリチャード・A・ヴェルナーの『円の支配者』（草思社　刊）に詳しい。

「人間」と「時間」の関係について考えさせてくれる、『モモ』の著者であるミヒャエル・エンデも、カネについて興味を持っていたらしい。『モモ』も本当はカネと人間の関係について書かれた。また、興味と言っても「どうしてカネを稼ぐのか」ではなく、「なぜ、人はカネに振り回されるのか」を考えていた。

カネが無いと「幸せ」になれないと多くの人は思っている。「カネさえあれば、何でもできる」と豪語する人たちもいる。そして、カネを多く持っている人が、現代の「社会」では一目置かれる。「長者番付」などに、人々は羨望の眼差しを送る。

また、借金の返済ができずに、自ら命を絶つ人が多い。鉄道の遅れの原因が人身事故だと説明された経験は少なからずある。生命保険金を借金の返済に充てるための自殺もあると思う。そんな時、「自殺」は「社会的殺人」だと、つくづく思う。そして、人の生命もカネに置き換えられる「社会」に棲んでいるのだと思う。

さらに、「消費者ローン」の会社を経営し、カネを商品として扱い、法外な利子を得ようとする人間もいる。これなどは、「カネがカネを生む」と考えている人間の所業であると思う。それらの人間は、他人はどうなっても、カネさえ手に入ればよいと考えているとしか思えない。

「経済は右肩上がりに成長し続ける」と考えている人が多い。そんなことがあるのだろうか。経済が成長するとは、世の中に流通するカネの量が増えることを言っているのだと思う。それならば、同じ物の値段が高くなって、社会に流れるカネの総量が増えても、経済は成長しているのだろうか。

また、「開発」という名の自然の破壊が、カネに置き換えられる。それも、流通するカネの総量を増大させる一因となっている。しかし、同じカネで一度失われた自然を、蘇らせることはできない。カネが主体となる「貨幣経済」の成長が、「社会」の発展や豊かさの増加に繋がるのだろうか。

一見、「貨幣経済」は成長し続けているように見える。しかし、過去を振り返ってみれば、戦争による経済のリセットが行われている。要は、そのリセットとリセットの間で、「貨幣経済」は右肩上がりの成長をしているように見えるだけである。

果たして、このような「社会」は正しいのだろうか。「幸せ」は人の心が感じるものである。確かにカネは便利な物ではあるが、カネが無くても「幸せ」になることはできると思う。逆に、カネの取り合いは人を「不幸せ」にする。

カネの持つ麻薬のような働きに、人々が翻弄されないことが大事だと、昔の人は考えていたと思う。そのために、古くから「カネのことを言うことは卑しいことである」という、智慧が道徳としてあった。しかし、この智慧も今では廃れているように感じる。

様々な場面で「補助金」や「交付金」による誘導が、当たり前のように政策として行われる。このような政策は「人はカネによって動く」ことを前提にしていると思う。すなわち、「補助金」や「交付金」という名のカネを餌とした政策が採られる。

実際に、政策通と仲間内では評価されている政治家の「最後はカネ目でしょ」という発言があった。これなども、完全に国民を馬鹿にしたものだと思う。そして、その人の心の中が見える発言だと思う。

「カネが無くても幸せになれる」などと言うと、多くの人から「現実的ではない」と批難されるかも知れない。けれども、もっと深く「経済」の意味を考えて、「お金の流通する幸せな社会」の実現を図る時機が来ている気がする。

「金持ち」は恥ずかしいこと

街では、「ベンツ」や「ＢＭＷ」などの高級車をよく見かける。高級住宅地には、豪邸が建ち並んでいる。高級なホテルやレストランも繁盛している。優雅な生活を謳歌している人がいる一方で、必死にもがいても貧しさから抜け出せない人も多い。「カネは在る所には、在るのだなあ」と思うのは、今に始まったことではない。なぜ、カネに代表される富は「社会」の一部に偏るのだろうか。その偏りの一因は、「通貨システム」にあると思う。

現行の「通貨システム」では、カネを貸して「利子」を受け取ることによって、カネを持つ者にカネが集まる。そして、投機的な行為でカネが増える。また、交換の媒体として誕生し、時間の経過とともに価値が減るはずのカネが、その価値が保存されるだけでなく、銀行に預ければ額が増える。

このような「通貨システム」の下では、人は少しでもカネを貯めようとする。また、それは「倹約」の名で美徳とされる。しかし、カネを貯めることはカネの流れを阻害し、

「社会」における人々の活動の停滞を招く。そして、それは「失業」などの形で顕れる。

また、現在では多くの国が採用している「資本主義」も「資本」がカネを生むシステムである。カネを持っている人間は、「投資」という名目で人や企業にカネを与え、その

「配当」という名目の「利子」を得る。そのような「資本主義」は人間の持つ欲望と結び付きやすい。そして、カネを持つ人間にはカネが集中する。

労働や生産の対価となるカネは「社会」の中をスムーズに流れることによって、「社会」の繁栄をもたらす。カネは「社会」を生物として見たとき、その「血液」に例えられる。

ドイツの経済学者であるシルビオ・ゲゼルは、時間の経過とともに減価する貨幣を提唱して、カネの流通の促進を図った。そのような貨幣の流通によって、人々はその使用を急ぐとともに、家屋の修理など、より恒久的なものにそれを使おうとする。

昔から、「社会」における富の偏りはあった。しかし、それを是正する働きもある。「累進課税」なども、それを目的として設けられた。「宗教」の教えの中にも、そのような偏りを無くそうとするものがある。「仏教」では、「喜捨」という行いが尊いものとされる。

二宮尊徳が広めた「報徳思想」においても「推譲」という考え方がある。これは、自身

の生活に必要なもの以上の余分なカネは「社会」に還元すべきだという考え方である。

いずれも、「社会システム」の不完全さが富の偏りを生み出すという考えが根底にあると思う。本来、カネは人の労働あるいは生産物・収穫物への対価であり、他の人の役に立つことを行ったり、他の人の役に立つものを提供すれば、それに見合うカネを得ることができる。

対価となる「労働」や「生産」を行うことなく、ゲームのようにカネの量の数値だけを増やそうとする行為は行ってはならない。シルビオ・ゲゼルが考えた減価する貨幣である「労働証明書」という通貨の名前にも、マネーが持たなければならない本質が表れていると思う。

けれども現実には、労働の評価に不公平があったり、カネがカネを生む。「社会」の一員として精一杯に働いた人は、その「社会」の中で生活できるはずである。そして、カネがカネを生むような「利子」は存在しないはずである。

また、「労働」や「生産」を行うことなしに、「金融工学」を駆使して所有するカネの額を増やそうとする人間がいる。その人間たちは、まるでマネーを使ったゲームをしているように見える。実体の裏付けのないマネーを弄ぶことは必ず「経済危機」を引き起こす。

現実の「社会」では、所有する富の「多寡」は歴然と存在する。同じ「社会」に棲み、

「社会」という営みを支えている人々の間に「格差」は、なぜ生じるのだろう。それは、「社会」の歪みや「通貨システム」の欠陥が原因だと思う。

「泥棒」は直接に人のカネを盗む。人を食い物にするような「搾取」によってカネを獲る者もいる。「詐欺」のような行為で、人のカネを奪う者もいる。その他にも、不正な手段でカネを得ようとする者がいる。

「補助金」や「交付金」という名の国民の汗の結実が一部の人に流れる。また、それを受け取るのは組織の場合が多いが、実際には限られた人間がそれを奪い、平然としている。

経営能力のない理事に運営されている法人も「補助金」を浪費する。そして、そのような法人では、実際に労働している人たちの賃金は低く抑えられ、理事だけが高い報酬を得ていることが多い。

このような社会構造は、同じ「社会」に棲む人々の間の「格差」を大きくする。一部の人が高級車を乗り回し、邸宅に住み、高級品を買い漁る。そのような人たちは、自身の行動が恥ずかしいものとも思わず、カネを持たない人々を見下す。

「社会」に対して、何らの貢献もせず「自分さえ良ければよい」と考える人間がのさばっている。そんな「社会」のあり方は、おかしいと思う。優雅な生活を平然と送っている人間は、自身が「社会」の一員であることを忘れている。

自分に集まったカネが自分の豊かさを示すと捉える人は間違っていると思う。「社会」の歪みがもたらしたカネの集中であるならば、一刻も早く解消しなければならない。もちろん、不正な行為でカネを得てはならない。

カネの集中を解消するには、「喜捨」や「推譲」の精神を活かすことが有効であると思う。たまたま、自分に集まったカネは、よりよい「社会」の構築に役立てればよいと思う。

カネが貯まったままにしておくこと、すなわち「金持ち」でいることは、「社会」の中で他の人に「優越感」を持とうとすることであり、「自分さえ良ければよい」と考えていることが明らかになる恥ずかしい行為である。

二つの「お金」

「お金」さえあれば、何でもできると考える人がいる。「お金」は命の次に大事な物だと言う人もいる。「お金」を多く持つことが幸せに繋がると多くの人が思っている。

さて、「お金」とは何であろうか。物々交換が当たり前の時代に、貰った物に対して渡す物が無い時に「確かに物を受け取りました」という証として、「お金」は誕生したと思う。

物々交換などは原始時代のことであって、現代人には関係が無いと殆どの人が考えている。しかし太平洋戦争の時に、着物や骨董品と交換する「買い出し」によって食糧を手に入れた都会生活者は多くいた。

「お金（Money）」は形の無い「信用（Credit）」を形にした物だと思う。また、それには人間の寿命に比べて、ずっと長く形を保つ物として貝殻・石・金属などが用いられた。その名残として、「お金」の言葉があると思う。

最初は、野菜や果物そして魚などが交換されていた。そして、次第に労働してもらったりサービスを受けたときなど、交換する物が無い場合にも、その対価として「お金」が用いられるようになったと思う。

このような流れの中で、「お金」によって物だけではなく、労働やサービスといった形の無いものを必要な時に手に入れられるようになった。そして、多くの人で構成される「社会」の中で、「お金」は非常に便利な物になった。

結果として、「お金」は人間の「社会」を運営していくために不可欠な物になった。最初は、ごく狭い地域で流通していたと思うが、国の保証が与えられた「お金」が造られると、国中で使えるようになった。

以上のような成立過程を持つ「お金」がある一方で、成立過程も性格も異なる「お金」があると思う。それは、「お金」の流通が盛んになり、使用の効用が明確になった時に「社会」における「お金」の効用を利用するために生まれた。

すなわち、物や労働・サービスの提供の結果ではなく産み出された「お金」である。それは、他の人の物や労働・サービスを詐取することになる。そして困ったことに、その「お金」は本物の「お金」と区別がつかない。

昔のヨーロッパで金細工職人が交換する金の蓄えも無いのに発行した「金の預かり証」

であったり、貸し付けや投機によって生まれた「お金」がそれにあたる。そのような「お金」は偽金と同じだと思う。

しかし、現代においては「投資」や「投機」によって多額の「お金」が生み出される。そして、国までもが「金融政策」の名の下に、国の信用を利用した物や労働・サービスの裏付けの無い「お金」を増刷する。わが国では、その額は黒田元日銀総裁が「異次元」と評価するほど大きい。

政府が提唱し、日銀が後押しする「量的緩和」が行われて、「社会」に流れる「お金」の量は多くなった。その結果として、「社会」には本物の「お金」と多量の偽物の「お金」が出回ることになった。そして、その「お金」は「社会」の一部の人たちだけに渡り、「格差」は一段と拡がった。

このような状態を避けるために発行される「地域通貨」もある。そのような「地域通貨」が流れる地域では、投資や投機ができないような仕組みが採られることもある。

時の流れとともに、「お金」の価値が減るシステムもある。「お金」は交換のために生まれた物の代替物であるのだから、錆びたり腐ったりして劣化するはずである。

ずっと以前にドイツの経済学者シルビオ・ゲゼルは減価する貨幣を提唱した。その考えに則って、オーストリアのヴェルグルという町では「労働証明書」が発行された。それは、一定の期間にその額面金額に見合った金額を追加しないと価値が減ってしまう「お金」であった。

この貨幣を導入することによって、人々はその使用を急ぐとともに、無駄な使い方をしなくなった。そして、ヴェルグルは20世紀初頭の大恐慌から抜け出した。

貨幣制度は「社会」の全体に幸せをもたらさねばならない。何かの物を欲している人がいる場合、自身がそれを持っていない時は「お金」を提供することで、その人を助けられる。

また、何かの労働やサービスを欲している人がいる場合、自身にそれを達成する時間や技量が無い時も「お金」を提供することで、その人を助けられる。このように「お金」を仲立ちとした援助は、同じ「社会」に棲む他の人を助けられる。

このことは、「東日本大震災」からの復興のために行われる寄付や増税による義援金が示している。もちろん、義援金は「震災」からの復興だけでなく、「歳末の助け合い」など、同じ「社会」に棲む人々を援助する。そのためには、それらの義援金は有効に使われるという前提が必要になる。

その時に提供される「お金」は哲学者の内山節《たかし》が言う「温かいお金」だと思う。それに対して、投資や投機によって得られる「お金」は、やはり内山の言葉を借りれば「冷たいお金」だと思う。

ＥＵでは、ギリシャやスペインで経済の破綻の危機が起きた。他のＥＵ圏内の国でも同じことが起きる可能性はある。この事実は「ユーロ」という共通通貨だけを設けても駄目なことを明らかにした。

すなわち、ＥＵに属する各国が自国の「国益」だけを重んじるのではなく、ＥＵ全体が一つの「社会」にならなければ貨幣制度はうまく機能しないことが明らかになった。

また、アメリカのＦＲＢによるドルの増刷の結果が示しているように、物や労働・サービスの裏付けの無い貨幣の増刷は当事国だけでなく、他の多くの国にも悲劇をもたらす。目先の「自国」の景気の回復だけを目指す、場当たり的な貨幣の増刷を行ってはならない。グローバルと言われる現代にあって、それは「世界」という「社会」に流れる「冷たいお金」を増やす。もっと言えば、偽の「お金」をばらまくことになる。

現代は、貨幣が「社会」の運営に大きな影響を及ぼす。物や労働・サービスの裏付けの有る「温かいお金」が流れることによって皆が幸せになれる「社会」を実現することが大事だと思う。

イジメを考える

学校におけるイジメを無くさなければならないと、皆が必死である。イジメによる生徒の自殺者が出ると、まずは決まって校長が「イジメがあったことは認識していなかった」と言い訳をする。そして、教育委員会もそのような事態は学校から報告が無かったと言う。教師も一様に「イジメは無かった」と言う。いじめられていた子供は、きっと暗い目をしていたに違いない。それに気付かなかった教師は、鈍感か生徒同士のことに無関心であったかだと思う。ひどいときには、教師が一緒に子供をいじめていたこともあった。

調査の結果、イジメがあったことが明らかになると、途端に「申し訳ありませんでした」と校長が頭を下げる。あちらこちらの教育委員会のメンバーの頭のてっぺんを何度も見た。このような校長や教育委員会のメンバーは、もしイジメを知っていたとしても、有効な対策を示すことはできなかっただろう。

イジメの原因として、いじめた子供の家庭での教育の悪さが、必ずあげられる。そして、いじめられた子供の弱さが指摘される。教師は「なぜ、そこまで思いつめられているのことを告白してくれなかったのか」と涙を流す。

自殺の原因は、単純でないかも知れない。けれども、自殺した子供がそこまで追いつめられていても、心の内を吐露することができなかったのは事実だろう。中には、教師や親に相談した者もいたかも知れない。

そして、相談された者は、それほど深刻な問題だとは思わなかったのかも知れない。けれども、そのような経験をした子供は、人に相談することの虚しさを悟っただろう。

そのようなことを考えると、社会問題となっている教師の指導力不足についても、教師の採用や研修に当たって、人の気持ちが分かる人を採ったり、育てることが大事だと思う。

ここで考えたいのだが、イジメは生徒間にしかないのだろうか。学校には、教師による他の教師へのイジメもある。そして、それはとても陰湿な形で行われる。自身に従わない教師をいじめる校長や教頭もいる。コップの中の嵐のように、学校という狭い「社会」の中での権力闘争もある。

文科省も、官僚の天下りを受け容れない学校を、自分たちに与えられた許認可や予算の分配の権限を用いていじめる。小泉首相が率いた自民党による、「郵政民営化反対議員」

に対する党籍の剝奪や刺客候補の擁立などは、イジメでないのだろうか。

そのような小泉首相の強硬な姿勢に恐れをなし、自己の主張を撤回した議員も多くいた。このような議員は、本当に自立しているのだろうか。

また、自民党では次の選挙を念頭に置いて議員の頭数を集めるために、党からの除名を解除しようとする動きもある。そして、それに易々と応じる議員もいる。こんな人たちに、国の未来を託せるのだろうかと不安になる。


会社においても、露骨なイジメがある。世間の多くの人も、世論の間違いを指摘した人をいじめる。そして、「世の中はそんなものだ」とうそぶく。

学校におけるイジメ対策として、いじめた生徒を「出席停止処分」にすることが、堂々と発表された。そのような場当たり的な対策が、果たして有効であろうか。

イジメが起きる背景の考究も無しに、イジメを容認する政治家たちが対策を講じる。そんなことで、イジメは無くなるのだろうか。

世の中の「大人」と呼ばれる人たちの中にはイジメの加害者になったり、被害者になる人もいる。そのような人たちが「子供」に「イジメはよくない」と、言っても説得力が無い。

イジメが起きる場合、いじめる側やいじめられる側に、相手への思いやりが欠けていることが多いと思う。自身が大事だと思う人は、他の人も同じように思っていることに気が付かなければならない。

世の中には自己中心的で、自身を客観的に視ることができない人が多い。自身が傷付けられたときには、声高に相手を批難する人が他人の心の痛みは分からなかったりする。「大人」と呼ばれる年齢に達している人でも、自立している人は少ない。周りの人がある人をイジメている時、「自身が仲間はずれにされるのが怖い」という理由で、その人をイジメる人がいる。果たして、その様な理由で人をイジメる者は、自身の考えに従う自立した「大人」と言えるのだろうか。

「弱い者イジメ」という言葉がある。しかし、それは当たり前である。「強い者」はいじめたくても、いじめられない。自身よりも強い者をイジメようとする人間は、徒党を組むことによって、相手に対して相対的に自分たちが強くなろうとする。

話は変わるが、過疎化が進む地域ではバス路線の廃止が行われる。それに対応しようと、自家用車での老人の病院への送迎をボランティアで行った人が、白タク行為をしたとして逮捕された。それには、車に乗せてもらった老人が、せめてものお礼として渡したガソリン代が逮捕の理由となった。

　警察は「白タク行為は危険であり、もし事故が起こっても補償ができない」から止めさせたのだと言う。実際に、車による送迎のサービスが必要な人がいる。それに対する措置は行わない自治体が、白タク行為ということで善意を妨げる。

　そして、タクシー会社にはそのための補助をしているのだから、タクシーを使えばよいと言う。そのタクシー料金が払えない人たちが送迎のサービスを望んでいる。

　血税の無駄遣いはいくらでもある。それも、不正と言ってよい様な遣い方も沢山ある。巨悪を取り締まれない警察や司法も、弱者に対しては強い態度をとる。それは、イジメでなくて何であろうか。


　イジメは加害者側の弱さが原因となることが多い。もちろん、被害者側に問題のあることもある。それは、いじめられる側が皆と調和することを頑なに拒んだり、他の人のことを訳もなく批難したりする場合である。

　人間は、集団で生きる動物だと思う。そのとき、自分の都合だけで集団の和を乱す者は排除されることもある。そして、それがイジメととられる時がある。

「利己」に対して、「利他」という言葉がある。自身を犠牲にしてまで、他人を利することができる人は少ない。そこまでできなくても、他の人の気持ちを考え、思いやることは誰にでもできると思う。

自身がされてイヤなことは、他人には決してしない。その反対に、自身がしてもらって嬉しかったことは他の人にもしてあげる。それだけでもよいと思う。社会を構成する多くの人が、そのような考えを持てばイジメは無くなるだろう。

「グローバリゼーション」を考える

現代は、様々な分野でグローバル化の重要性が叫ばれている。地球は、英語で言われるグローブ（globe）すなわち球形をしていて、すべての国は一つの「世界」の中にあることが分かって久しい。

そのような「世界」では、各国の「共生」が必要となる。覇権を握って他の国を支配しようとする考えは誤りになる。「人の集団」の行動の方針を決定するリーダーは万能ではない。様々な特性を持った人たちの助言によってリーダーは間違いのない決断をすることができる。

このことは、もっと小さい「人の集団」の中でのことを想像すれば明らかとなる。また、「人の集団」は社会と呼んでもよいと思う。最も身近な社会である「家族」でも、リーダーとしての家長が常に間違いのない判断ができるとは思われない。

一致した行動は「家族」に必要であるが、家族全員の意見を聞いた上で、その方針は決定されるべきである。金銭的に家族を支えているという理由で、家長が自分の考え方だけでその決定をしてはいけない。

大きな「社会」では、そこに属する全員の意見を集約することは困難になるが、いろいろな段階での構成員のまとまりの代弁者を設けることによって、近似的にそれはできると思う。そのためには、代弁者としてふさわしい人を選ぶためのシステムの確立が必要となる。


また、多くの社会が「共生」するためには、「思いやり」が必要になる。自身の社会が大事だと思うならば、他の社会に属する人も同じように自分の社会を大事に思っているだろうと考えなければならない。そのような考えが他の社会への「思いやり」を醸成すると思う。

諏訪中学（現　諏訪清陵高校）の教員をしていた三浦勝衛《かつえい》は、自分たちの地域の産業を知ることの大事さを説いた。それは、自身の棲む地域の特性を知り、そこに愛着を感じることが他の地域をかけがえのないものだと感じるとともに、より大きな「世界」へ目を遣ることに繋がると考えたからだと思う。

自分を大事に思うことは、決して「利己主義」と同じではない。そして、それは自分を甘やかすことではない。自分の可能性を信じて努力することも、自分を大事にすることだと思う。人は自分自身を見捨ててはいけない。

自身と同じ社会に属する人の幸せだけを考えては、真のグローバル化は達成できないと思う。身近な者を大事にすることは「愛」と言う言葉で良いこととされる。しかし、本来の「愛」は他の「社会」に属する人も大事にする。

そういう意味では、「愛」の一文字ではなく「博愛」や「慈愛」という言葉を使った方がよいと思う。「人の幸せは自身の幸せ」である。そして、それは人だけではなく、社会についても言える。

国という社会どうしの間で起きる「領土問題」や「国益の優先」に関係する問題などにも、自国を大事に思う「愛国心」が基底にあると思う。国どうしの争いを見ていても、そこには他の国への「思いやり」を感じない。ただ、「弱肉強食」が原則になっているように思う。そこには、「博愛」や「慈愛」のかけらも無いように感じる。

近年は、「国」という「社会」の垣根を無くし、人や物そしてお金が自由に行き来する事として「グローバリゼーション」という言葉が使われる。それは「国」単位での利益を図るのではなく、「地球」という一つの星に棲む人々の幸せを目指すものである。

しかし、その際に間違った考えをすると、新たな「植民地主義」になってしまう。たとえば、力のある一国が自国の利益のみを図って、自分たちの経済のルールを力の弱い国に押し付けることである。「基軸通貨」として「アメリカドル」が使われていることにも、そのような臭いを感じる。

「もう一つのグローバリズム」という考えがある。「もう一つ」は「二者択一の」という意味を持つ、流行りの「オルターナティブ（alternative）」の訳であると思うが、「真のグローバリズム」を目指すべきであることを言っていると思う。

「EU」も地球ではないが、ヨーロッパの統一を目指したものであると思う。しかし、そこに属する「国」が「国益」を主張した途端に違ったものになってしまう。実際に、「EU」の危機はそうして起きていると感じる。

「グローバリゼーション」とは、人類を含むすべての生物が球形をした「地球」に存在する一つの「世界」で共に暮らしていると意識することが前提となる。「グローバルな世界」では、「自分だけ良ければよい」と言う意識や優越感などは生まれる余地がない。

ハウスとホーム

ハウスもホームも、日本語では「家」と訳されることが多い。けれども、ハウスは眼で見たり、手で触ることができる「建物」を指し、ホームは形の見えない「家庭」を指す。私は、ホームを営む場所がハウスだと思う。

すなわち、ハウスはハードウエアであり、ホームはソフトウエアであると考えている。そんな風に考えると、ホームになっていないハウスがあると思う。言い換えると、ホームが営まれていないハウスがあると思う。

最近ホームレスという言葉が、「公園や橋の下で、ブルーシートを屋根にした寝ぐらの住人」を指して使われる。そんな人たちが、仲間と談笑しているのを見ると、その人たちはハウスレスではあるが、決してホームレスではないと感じる。

それに比べて、ハウスは所有していても、そこには帰りたくないと考えるホームレスは、結構いるのではないだろうか。「ホーム」とは、「ホームポジション」の言葉が示すように、帰るべき場所だと思う。

最近、「フラリーマン」なる言葉ができた。退社しても、まっすぐに家に帰りたくないため、どこかで時間を過ごすサラリーマンを指すらしい。このような人も、ホームレスだと思う。

こんなことを考えていると、現代人は眼に見えるものに囚われ、それが何のためにあるのかを忘れてしまっているように感じる。そして、それはおかしいと思う。作家であり、「物理学」を専攻している竹内薫は、現代の「物理学」の流れは「モノからコトへ」であると指摘している。


私が専門としている「建築学」について言うと、眼に見える床や壁などを「建築物」と捉えている人が多いと感じる。確かに、「建築物」はモノであり、眼で見ることも、手で触ることもできる。しかし、それは「コトを営む空間をつくり出すためのモノ」である。つまり、「モノはコトをするためにある」という意識が大事だと思う。

「建築物」をモノとしてみる意識が強過ぎると、その形や色にこだわり、それが及ぼす内外への影響に対する配慮を不足させる。それは、「建築物」がつくり出す内部空間の居心地への配慮不足、「建築物」の街並みに対する「なじみ」や、周囲の環境の変化への配慮不足となって現れる。

「建築物」の設計にあたっても、模型を造って上から眺め、その良し悪しを評価することが多い。また、ＣＧを使って内部の設計を行うことが多くなっている。これらの設計手法は、正しく便利なように見える。

「建築物」が、雑誌やテレビなどで採り上げられた時には、その形や色だけが映る。そして、対象となる「建築物」だけが映される。そこから、その内部空間の音の響きや温かさを、どれだけの人が正確に把握できるのだろうか。また、街並みにおける「なじみ」をどれだけの人が感じ取れるのだろうか。

マルチメディア化する社会の中で、人々が得る情報は、ほとんどが人間の視覚や聴覚を対象としている。しかし、人間は自身を包み込む「環境」を、一般に五感と呼ばれる感覚を総動員して捉えている。それだけではなく、過去の自身の経験もその印象には、影響することがある。

しかし、模型やＣＧを用いる設計手法は、普通は見えないような位置からの「建築物」の形の評価に繋がったり、利用者の体感とは、かけ離れた建築空間を造ってしまうことが多い。そこには、「建築物」をモノとしてみる意識が強く働いていると思う。

モノに囚われるあまりに、それが何のためにあるのかを考えないことは、カネに振り回されている現代人の姿と重なる。私は、「現代に生きる人々は、様々な事柄について、眼に見えないものを、もっと意識する必要がある」と感じている。

「法治国家」と「放置国家」

現在の日本は「民主主義国家」であり、「法治国家」でもあると言われている。一人あるいは極少数の人々が支配するのではなく、「国家」に属する人々が主人公となり、「法律」が秩序を保っている「国家」のはずである。

そこでは、「国民」は自身の意見を堂々と主張できる。そして、「国民」は迷惑や被害を受ける他の人の行為から「法律」によっても守られる。「社会」も持続の妨げとなる行為から「法律」によっても守られる。

このような素晴らしい「国家」は先人たちの血の代償として得られた。ただ、「法律」が活かされるためには、「社会」に棲む人々がそれを順守することが前提となる。

「法律」は、「社会」に持続性を与えるために、先人の経験が生み出した「道徳」というルールを明文化したものである。しかし、現実は司法に携わる人の多くが「法律」に振り回され、「法の精神」を忘れているように感じる。

「道徳」と聞くと、戦前の軍国主義との結びつきを連想してしまう人が多い。戦争を遂行するために、命令に従順に従う国民造りに「道徳」は利用された。けれども、「道徳」は多くの人が住む「社会」のルールであり、国民性を育む文化の大きな要素でもある。

自身の利益のみを図る者たちは「指導者の言葉には従わなければならない」という、「道徳」の一面だけを強調する。しかし、それは詭弁であり、人々を不幸にする。

そして、「法律」が壁となって、間違った行為が堂々と行われる場合がある。「法の網をすり抜ける」という言葉をよく聞く。「自分さえ良ければ、他の人はどうなってもよい」と考える人間は多い。

このままでは、「法律」が規範となる「法治国家」ではなく、「法律」の盲点を突く悪人の「放置国家」になってしまう。これも一つの「エントロピー増大の法則」の顕れのように思う。

劣った指導者がもたらす悲劇

多くのシリアからの難民が命をかけて地中海を渡り、他国へ亡命する様子が連日のように報道される。自身が生まれ育った国を捨てることは大変なことである。それにも拘らず、命を失うかも知れない危険を冒してまで多くの人々が自国を離れる。それらの人々は自国に留まることが、確実に死に繋がることを確信しているのだと思う。そのような事態は、シリアの指導者であるアサド大統領や、空爆を行ったり武器を供与している国々の指導者が引き起こしている。自身の権力や国益を守ろうとする劣った指導者のなせる業だと思う。

人々は国や民族が違っても、お互いに助け合うことができる。けれども、劣った指導者は自身に服従しない者や自身と異なる思想や風習をもつ者を排除することでしか、平穏は訪れないと考える。

そのような考えをする者は、他人を支配して自身が頂点に立つことを至上とする。軍隊や警察も、それらの劣った指導者の命令に服従する。まるで、そこにいる人間は思考停止状態にあり、自身の意志が全く無いように感じる。

フランスにおいて連続したテロ事件も大きな話題になり、マスコミではその対策について盛んに討論が行われている。その殆どがテロリストの捕縛や、テロ行為を行わせたＩＳの殲滅を目指しているように思う。

そのような対処は「テロとの戦い」であると、大国の指導者たちは主張する。そして、自国における格差がもたらす貧困と、それが引き起すテロリストの増加については全く触れない。

いくら働いても貧困から抜け出すことができず、夢や希望を抱くことができない人々には、テロリストやその予備軍になる者が多い。テロは、自国の全ての人の幸せを考えない指導者が起こしている。まるで、これらの指導者は自身の影を消そうとしているかのように思う。

アメリカが正義を守るためとして仕掛ける戦争は、テロではないのか。ロシアが周辺諸国を相手とする戦闘行為はテロではないのだろうか。中国が自国の利益のみを追求して行う越境行為はテロと言える。それらの影響の大きさを考えると、テロ行為以上であるかも知れない。

テロに等しい行為を指示する者が「自身は善人であり、テロリストのみが悪い」ような発言をする。国の指導者と呼ばれる人は、自身の行為の反省を含めてテロが起きない世界の実現を図らなければならない。

力を力でねじ伏せることはできない。それは、テロリストの反感を増幅させることになり、テロは頻発してしまう。テロを防ぐためとして、いろいろな場所での警備を厳重にする対処法は、まるで「覆水を盆に戻そうとする」努力のように感じる。


わが国に目を移しても、現在の指導者である安倍首相の考えや行いには大いに問題があると感じる。彼を取り巻く政治家の面々もただのイエスマンだと思う。きっと先の大戦のときのように、諫言する政治家は遠くに追い遣られているのだろう。

首相になる前はタカ派を気取り、拉致問題をすぐに解決するような態度を見せた。拉致被害者の家族は、それに期待した。しかし、長い年月は経過したが、問題は一向に解決しないばかりか、その兆しさえ見えない。

また、安倍首相は日本の偉大なセールスマンを自負して、他国に新幹線の売り込みをする。事故を起こし、その始末もできない原子力発電所まで売り込む。原子力発電所の運転は核廃棄物を必ず出す。そして、その処理法もまだ確立されていない。

これまで日本を高く評価してくれた中東の国々も、アメリカに盲従する安倍首相が動かす今の日本に失望していると感じる。そして、日本もテロの標的になった。そのことを証明するかのようにISによって二人の日本人が殺された。

安倍首相は「美しい国」を標榜しながら、日本の良さを無くそうとしている様である。国会での答弁や行動を見ていても、このような人物が日本のリーダーを自負していることに忸怩たる想いがする。

それを象徴するように、金銭授受の疑惑をもたれた甘利蔵相が辞任した。その後任には、全く不適切な人材だと思われる石原伸晃が指名された。記者の質問に「最後はカネ目でしょ」と交付金で大衆を操ろうとする本心を曝露した人間が、国の財政を担おうとしている。

また口舌の徒のイエスマンが指導者に加わろうとしている。これ以上の恐怖は無いと思う。表に立っている政治家の面々は嘘を平気でつく口舌の徒ばかりに見える。二言目には「国民のため」と口にする連中は、自分のことしか考えていないように思う。

安倍首相の内閣は、第1次のときから多くの大臣が辞任に追い込まれた。欲は有るが、志や能力の無いイエスマンが大臣として指名された証だと思う。その言や行動が国の行く末を左右する大臣は自立した「大人」でなければならない。

「権力」を握っている者たちは、SPが自分を守ってくれて、テロが起きても自分だけは大丈夫だと思っているようである。そのような安心感が、テロが起きそうな状況を自ら創り出しているのかも知れない。

安倍首相を始めとする今の内閣の構成員は、国是である憲法を自分たちに都合よく解釈する。国会議事堂の前でデモを行った人たちの悲痛な叫びも無視された。公明党を含めた国の権力者は、悲惨な戦争が可能な国へと日本を導いた。

政治家の判断によって有明海は農地に変えられ、漁民と農民との間に争いが生まれた。長良川の河口堰は閉められ、今までは流れていた水が淀んで多くの生物が死滅した。価格だけに注目した木材の輸入は日本の森林を荒廃させ、「緑の砂漠」を生み出しただけではなく、川やそれに繋がる海まで疲弊させた。

皮肉なことに、河口堰で堰き止められた長良川の中上流域は世界農業遺産になった。川でなくなった長良川の中上流域は水の澄んだ素晴らしい川だとされた。いずれ、その水も清くなくなると思う。

人を殺すための兵器もエネルギーを無駄に消費するだけでなく、汚染物質を撒き散らす。沖縄では、基地建設のためにサンゴの海が埋め立てられようとしている。エネルギーの無駄な消費と自然の改変は、異常気象の発生を促す。

水爆実験で、生まれ育った土地に住めなくなったビキニ諸島の人々は別の島に住まわされ、海水温の上昇がもたらす異常気象によって、その島からも離れざるを得なくなった。それらの人々は異常気象による難民と言える。

海水温の上昇も、現代人の生活スタイルが要求するエネルギーの大量消費が大きな原因であると思う。そして、それを止めさせることができるのは権力を握っている指導者だけである。

「COP21」でも、環境問題である「地球温暖化」を政治問題にしてしまっている。参加した国は自国の利益のみを考えて、地球の温暖化を防ぐことを後回しにしている。「カネさえあればよい」との思いが環境の変化への対応を蔑ろにしている。

「国民のため」という言葉は、政治家の常套句のように感じる。しかし、本当に国民のことを考えている政治家は少ないと思う。政治の場は、平気で嘘をつく口舌の徒で溢れている。

日本の海岸に流れ着く北朝鮮の漁船の多くは、国の指導者が打ち出した自給自足の方針に従って、不充分な装備で出港したと思う。誤った指導者の命令は、多くの犠牲者を生み出す例だと思う。

古くは、農作物の収穫を多くしようとしたポル・ポトの思惑が外れた時に、多くのカンボジア国民が虐殺された。似たようなことは、毛沢東に指導された「中国」でも起きた。このような悲劇は、劣った指導者が自身の保身のために起こした事件だと思う。

先の大戦でも、身の安全を図ることができる大本営に残った指導者たちの判断によって、多くの兵隊や市民が死に追いやられた。しかし、今もその反省が活かされているとは到底思えない。

「資本主義」は一部の人たちの欲望を解き放った。「資本主義」を擁護することによって、それらの人たちはより多くの富を得ようとする。「社会」の指導者を自認する人たちも、富める者がより富むことができる「資本主義」を広めようとする。

その結果として、「社会」に棲む人たちの間で「格差」は大きくなる。「勝ち組」になって、「負け組」の人々の労力の成果を搾取しようとする者が増える。それらの人間は、人々の「共生」については全く考慮しない。

「天国と地獄」はどのような宗教にもある。人が人を支配することを諫めるために「社会」に棲む人々が持つ必要のある戒めだと感じる。その戒めは、集団をつくって生きる動物である人間の共生を促し、その「社会」にサステイナビリティを持たせる。

「愚者は経験に学ぶ、賢者は歴史に学ぶ」という鉄血宰相ビスマルクの言葉が残っている。人々は「歴史」に学んで、劣った指導者を出さない努力をしなければならない。指導者としての品格や能力の無い口舌の徒に「権力」を与えてはならない。

「権力」を利用して自身の目先の利益を図ろうとする劣った指導者は、無くさなければならない戦争を引き起こす。そして、環境を破壊することによって、人間の「社会」だけでなく地球に棲む全ての生物の存続を危うくする。

「サミット」などの首脳会談がよく行われる。自身を「首脳」だと思う、自惚れた指導者を生んではいけない。自身の得ではなく他の人のことを考えることができる、真の指導者を人々は選ばなくてはならない。


劣った指導者は「戦争が起きない」ように努力するのではなく、「戦争に勝つ」ことを目指す。そして、戦争は繰り返される。力で争いを制圧しても、平和を実現することはできない。目先の利益だけを図ろうとする者は決して指導者には成りえない。

指導者たり得ない者が、その地位についてしまうような今の選挙制度を変えなければならない。今のままの制度が続けば、自身や目先のことしか考えない口舌の徒が国民の代表になってしまう。優れた指導者を選ぶためのシステムづくりは焦眉の問題である。

劣った指導者を選んでおきながら、その人間だけに誤りの責任を押し付け、自身は善人ぶっている一般大衆に、その誤りの大きな責任があると思う。これまで、人類が経験した悲劇を引き起こした張本人は一般大衆であったと思う。

「ヒトラー」と名付けられた悲劇もあった。「ポル・ポト」と名付けられたものもあった。これまでの歴史の中で、そのような悲劇を枚挙すればきりがない。最近の日本では、「小泉純一郎」・「菅直人」・「麻生太郎」の名が付いた悲劇があった。「安倍晋三」という名の悲劇も進行中である。

これらの悲劇を招いた指導者は、「良心」のカケラもない「サイコパシー」すなわち「精神異常者」と呼んでもいい人たちだと思う。心の中とは裏腹のことを平気で口にし、人々を惑わせる。嘘を平気でつける人たちである。

「金正恩」の周りで拍手をしている政府の高官をおかしいと思う人も、自身の行動のおかしさには気が付かない。劣った指導者を選び、その命令に唯々諾々と従っている人たちの思考は停止している。

悲劇をもたらす指導者を選ぶだけでなく、「諫言」もしない一般大衆が悲劇を現実化させたと思う。自身が「大人」だと思っている人は、責任を他人に押し付けるのではなく、真の「大人」としての行動を取らねばならない。

［文化編］

あらすじ

人間は、自身の経験を生かすことによって、独自の文化をつくる。それには、自分たちを取り囲む自然環境が大きく影響する。自然環境は、人々の抱く世界観にも大きな影響を及ぼす。

同じ環境にある集団の中で育った人々のつくる文化は伝統にもなる。今、「保守」と「革新」が問い直されている。「伝統」の意義を考えて、真の「保守」とは何か、真の「革新」とは何かについて深く考える人もいる。

人間という、生物の一つの種がどのようにして生まれたか。そして、先人たちは自分たちを取り囲む自然環境の中で生きていくために、どのような工夫をしてきたか。お互いが助け合えるためには、どのようにすればよいと考えてきたのか。それらについて、現代人は知らなければならない。

人間は予測される事だけではなく、予想されない事にも対処しなければならない。そして、経験を通して学び取ったものを、次の世代に伝えるための努力が「教育」だと思う。

そのため、「教育」は様々な場所で行われる。

しかし、現在は「教育」イコール「学校教育」とされることが多い。もちろん、学校では様々な知識が効率よく学べる。そして、多数の生徒や学生との接触の中で学ぶことは多い。「学校教育」もうまく行えば、良い結果をもたらす。

二つの世界観

自分は何か大きなものに包まれていると大方の人は考えていると思う。そのとき、自身を取り囲む何かをここでは「世界」と呼んでおく。そして、その捉え方には大きく分けて二つあると思う。図1に示すように、その一つが無限に広がる「世界」の中に自身がいると考えることである。もう一つは、閉じた「世界」の中に自身がいると考えることである。

このうち、自身を取り囲む「世界」が無限に広がっているという認識は、「足りなければ外から取ってくればよい」という考えに繋がりやすい。それに対して、自身が閉じた有限な「世界」にいるという認識は人々に「手に入るものを無駄なく使おう」とさせる。

相異なる二つの世界観ではあるが、それは他の人や自然との関わり方、とくに「共生」の意識に大きく関係すると思う。無限に広がる「世界」に自身がいるという意識は、他の「社会」に属する人々を自身とは関係が無いものと思わせるとともに、自然は自ら再生すると思わせる。

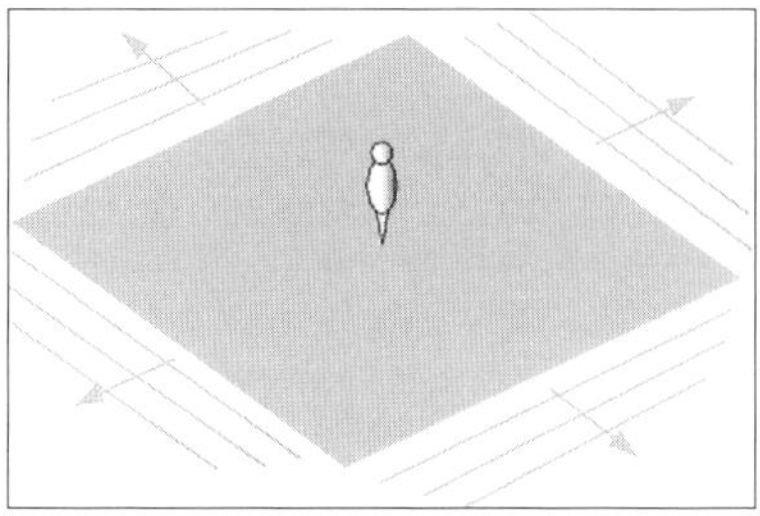

(a) 無限に広がる世界観

(b) 閉じた世界観

図1　二つの世界観

豊かな水資源を狙った外国による日本の土地買収が問題になっている。自国の国土の外国人による土地取得を禁じている国が日本の土地を取得している。この様な行為をする人々は、日本の水資源の持続性について配慮するとは思えない。

それに対して、自身が閉じた「世界」の中にいるという意識は、他の「社会」も自身の「社会」も同じ「世界」の中にあると人に思わせる。そして同時に、「自分は有限な自然の中にいる」という意識を人は持つことになる。

このことは、「子供」の考え方と「大人」の考え方に重なる気がする。すなわち、「子ども」は自分の要求だけを訴えるが、「大人」は周囲のことを考慮した行動をとる。「大人」になるとは、図2に示すように自身が無限に広い「世界」にいるという意識から、有限の閉じた「世界」の中にいるという意識を持つことではないかと思う。

現在、先進国と呼ばれる国々では、物質的な豊かさを享受している。その一方で、飢えや病に苦しむ人々も同じ「地球」に棲んでいる。同じ「社会」の中にも「格差」が歴然としてあり、生活に困っている人も多くいる。「共生」の意識の欠如は、「自分さえ良ければよい」という考えを引き起こしやすい。

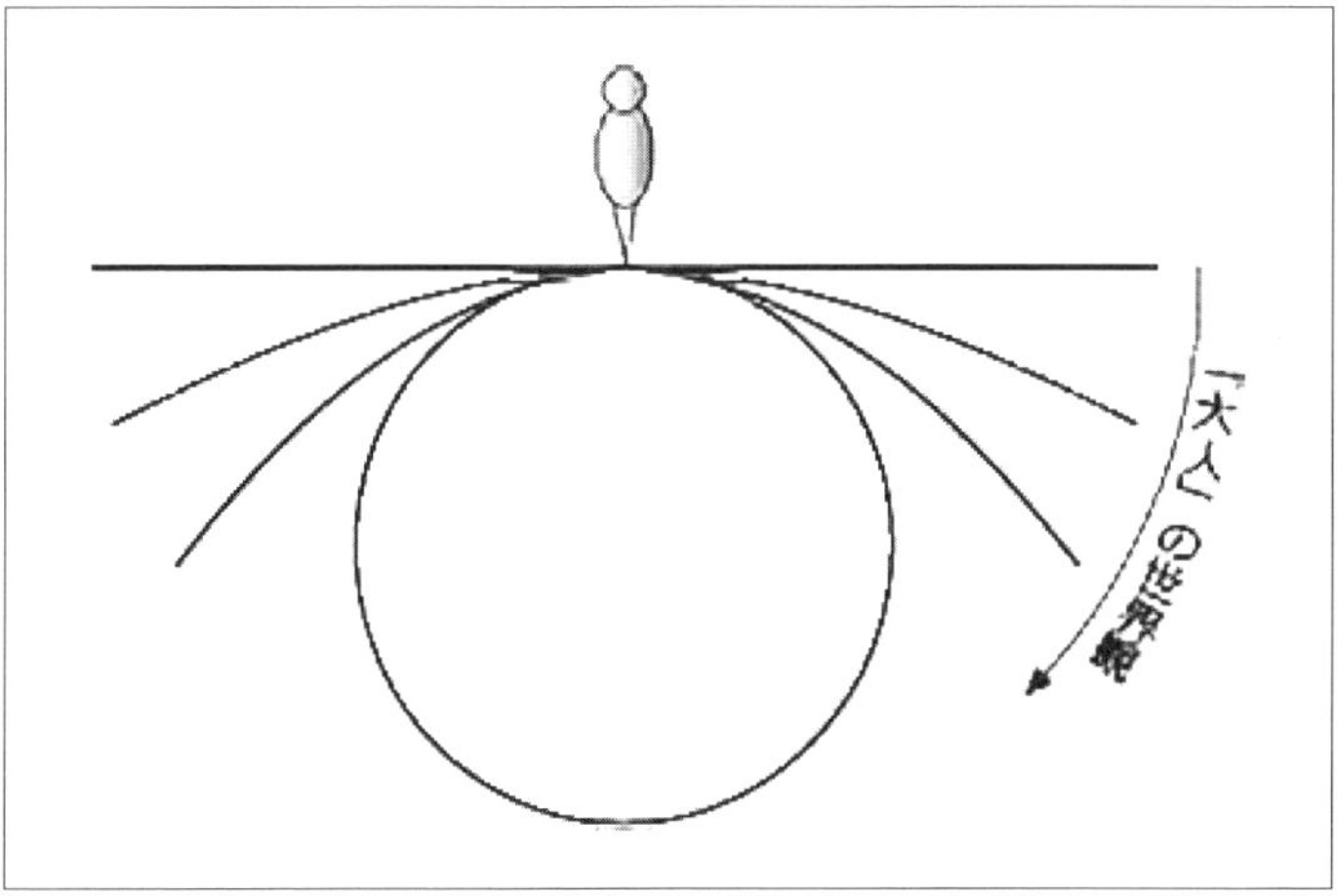

図2　世界観の変化

最近は、会社で他の人との協調が困難な「新型うつ病」と診断される若者が多いことが社会問題となっている。「新型うつ病」は「うつ病」という名前が付いて病気のように扱われるが、「社会」のあり方が生み出した若者の心の状態の反映だと思う。

現代の若者は小さい時から受験戦争に勝ち抜くことを至上命題とされ、塾で同じ年齢の子供と競争をさせられる。そして、昔は当然のように家の前で見られた光景であった、年齢の違う子供たちの集団の中で様々な経験をする機会を失う。

その結果、学校の成績には関係なく年下の子供を導く使命を感じる経験をしなくなる。違った環境で育った、雑多な年齢の者で構成される集団で出される意見の中には理解できないものもあると思う。そして、それに対処する経験をすることもない。

塾の中ではテストの得点だけが人の優劣を決め、序列の根拠となる。様々な特性を持ち、場が与えられれば、それを活かすことができる人が学業成績だけで評価される。また、その学業成績も決まった問題に決まった答えを如何に多く出したかによるものであり、様々な現象のメカニズムを明らかにしたかを評価するものではない。

この様な環境で育った人間は、非常に偏った価値観を持つことになると思う。世の中には、いろいろな考えを持った人がおり、様々な価値観があるということに気づかないのではないだろうか。自身の周りで起きる不思議な現象を明らかにしようと、先人の努力を参考にしたり工夫を凝らして実験したりしないのではないだろうか。受験に関係の無いことには、関心を持てなくなるのではないのだろうか。

今のような状況が続けば、受験テクニックを鍛えて世間での評価が高い学校に入ることが、子供の幸せになると信じる親が増える。また、そのような親の増加は「うちの子には損をさせたくない」と考える親を増やしてしまう。その結果、夜遅くまで塾に詰め込まれる子供の送り迎えに親は一生懸命になり、夜食も用意する。

様々な事における他の人との比較の経験の無い者が「仮想的有能感」と表現できる錯覚を抱き、自身の存在を肯定する。様々な人がいる集団の中で失敗したり、人に負けることは悪いことではない。失敗や負けは、新たな成功や努力のきっかけになる。

抗菌グッズがもてはやされ、過度な無菌状態の中で育った日本人が海外で、他国の人はならない食中毒になる事が報告されている。それと同じように、挫折の辛さを経験させない事が大切だと思う親が自身の子供を精神的な無菌状態の中で育ててしまうのではないか。

子供たちを取り囲む現代の環境は、自身の思う通りに事が運ばなかった時に周囲のせいにしたり、実際とは異なるのに「自分は優れている」と思い込んで他の人を見下す若者が多いこととの原因かとも思う。また、生まれてくる者に「良かれ」と思って、先に生まれた者がそのような環境を積極的に造っていることを危惧する。

スペインの哲学者オルテガは、「社会」に棲む人々は「エリート」と「大衆」に分けられるとしている。日本人は「エリート」という言葉に「自分は他の人間と違って選ばれた者である」という意識を持った人をイメージしてしまう。そして、あまり良い人だとは思わないだろう。

しかし、オルテガの言う「エリート」は「自分が社会を動かしている」という自覚を持った人を指していると思う。それゆえに、それらの人はプライドを持ち、日本語では「高貴なる者の義務」と訳されるノーブレスオブリージュと同じ意識を有すると考えたと思う。

「タイタニック号の沈没」の際に、「紳士」と呼ばれた裕福な階層の人の多くが子供や婦人を助けるために命を落とした事が知られている。この事なども、イギリスの「紳士」の間にはノーブレスオブリージュの精神が生きていた証拠だと思う。

そうであれば、「エリート」と「大衆」の関係は「大人」と「子供」の関係に置き換えてもよいと思う。「大人」は目先のことに囚われたり、利己心だけでは動かない。「大人」は、その「社会」に棲む人の全員が幸せになることを目指して進むべき方向を決める。

この「エリート」を育てるためには、教育が重要である。「エリート教育」という言葉は、多くの日本人に良い印象を与えない。しかし現代の「社会」では、いなければいけない場所に「エリート」がいない。そのことは、国の進路を決定する政治の場で顕著に見られる。

他人を蹴落として多くの富や名誉を得た人間や、生まれた時からそういう人間になることを運命づけられた者が「エリート」ではない。真の「エリート」は、「社会」における自身の役割を自覚するとともに、そのための不断の努力を怠らない。

真の「エリート教育」は学校だけで行われるものではない。先に生まれた者が「エリート」としての実践を次の世代の人に見せることで行える。今の「社会」に欠けているのは、真の「エリート」を育てるための教育だと思う。

近年は、様々な分野で「グローバル化」の重要性が叫ばれ、それが進展するのは良いことだとされる。その根拠となる思想である「グローバリズム」の基本は、各国が「地球」という一つの閉じた「世界」の中にいることを理解した上で、「共生」の大事さを認識することだと思う。

このような考えは、「ガイア思想」や「宇宙船地球号」という言葉に象徴されている。

そこでは、人々は自身の属する国という「社会」を超えて互いに助け合うことが求められる。人に助けられた経験は、困っている人を助けてあげようという気持ちを人に抱かせる。

「EUの経済危機」の背景には、EUの中における真の「グローバル化」が実現されていないことがあると思う。EUに属する各国は自国の「国益」を第一に考えてはいけない。自分たちはEUという一つの「社会」の一員であるという意識を持たなければならない。自国の「国益」が第一だという考えを多くの人々が持てば、真の「グローバル化」はいつまでも果たされない。

中国との「領土問題」である「尖閣諸島問題」についても、自国の領土が侵犯されたときに自衛隊が出動できないのが問題であり、そのための憲法改正が必要であると主張する政治家がいる。それらの人は、日本国民のナショナリズムを高揚させることにより軍備を拡充させて、それを背景にして利己的な他国の要求を断固として拒否することが大事だと思っているのだろう。

けれども、そのような対策で「領土問題」は解決しない。ただ、「弱肉強食」の風潮を強めるだけになると思う。自国の「国益」のみを考えることは、自国と他国を峻別することになる。武力の行使で問題を解決しようとする愚は歴史の中に多く見られる。

戦争によらない紛争の解決法としては、国連の場で第三者である多くの国の裁定に委ねる事が考えられる。しかし、国連では一部の国が拒否権を持っており、それらの国が自国の利益を優先するために公平な判定が下されないことがある。

国際司法裁判所に提訴して、「国際法」に則った判決を下してもらうことも考えられるが、国どうしの争いの解決は国内の裁判のようにはスムーズに行えない。また、「国際法」も地球上のすべての国による討議や合意を経てできたものではない。

このように見ると、国と国との関係を良好に保つための、ルールを含めたシステムが未だに確立されているとは言い難い。「グローバル化」を進めるためにも、各国の協調のための優れたシステムの構築が望まれる。そのためには、これまでの争いの歴史を学ぶことが大事である。


アレクサンダー大王は遠征によって他国を征服し、古代ローマも戦争によって版図拡大を行った。「パクスロマーナ」という言葉もあるように、それらは「世界」に同じルールを広めて他国に遵守させることによって、人類の「共生」を実現するための「グローバリゼーション」であったと考えることもできる。

それらは力による征服を伴ったが、征服した国の運営は力による支配ではなく戦った相手の文化を認めて人材を活用するなど、同化を基本にしたものであった。決して、他国の人々を服従させようとしたのではなく、皆が平和に暮らせる「世界」を造ろうとしたのだと思う。

それとは異なり、第2次世界大戦中のドイツの例を見ても、ユダヤ人の大虐殺による抹殺や恐怖での支配は成功しなかった。現代においても、中国では中国共産党支配による国家の統一のために、チベットや蒙古で大虐殺が行われている。このような方法で国家あるいは「世界」の統一を行ったとしても、そこに入りたいという本心を抱く人はいないと思う。

ポルトガルやスペインが主となり、「アメリカ大陸の発見」などをもたらした「大航海」は植民地の獲得を目的としていた。それよりも早く行われた、中国人の「鄭和《ていわ》」による「大航海」は他国との交易を通じた交流を促した。これも、一種の「グローバリゼーション」と考えることができる。

複数の人が同じ所で生きていくためには、ルールを守ることが必要である。それと同時に、他を認めることも必要である。また、人間にとって都合のよい環境を造るのではなく、地球上に生息するすべての生物の「多様性」を保つことの大事さが叫ばれている。この精神は、「グローバリゼーション」にも活かされなければならない。

これまでの歴史を眺めても、力による支配はテロやクーデターを誘発し、新たな争いを起こして平和な「社会」を実現できなかった。また、新たな支配者を生み出すこともあった。

周りの人がいつも自分の幸せを願ってくれる「社会」、そしてその集合である「世界」を造らなければならない。人間だけではなく、この「地球」に生きとし生けるものが「共生」できる「世界」を早く実現させなければならない。

「他の人の喜ぶ顔を見て自分も喜ぶ」ことが大事だと思う。真の「グローバリズム」を根付かせるには「大人」が「世界」を動かす必要がある。また、アレクサンダー大王や古代ローマのやり方だけでなく、閉じた「国土」の中で生まれて洗練された、「社会のルール」としての「日本の道徳」が「世界」の運営方法の参考になると思う。

「大人」考

「大人」と書いて、「おとな」と読まれることが多い。けれども、仏教では「大人」は「だいにん」と読む。そして、「中人《ちゅうにん》」・「小人《しょうにん》」という言葉もある。つまり、人間をランクに分けているのである。その基準は、悟りの程度にあると感じる。

また、仏教には「八大人覚《はちだいにんがく》」という考えがある。諸仏は「大人」であり、当然に覚悟していることがある。それらは「少欲」・「知足」・「楽寂静《ぎょうじゃくじょう》」・「勤精進《ごんしょうじん》」・「不忘念《ふもうねん》」・「修《しゅう》禅定《ぜんじょう》」・「修智慧」・「不戯論《ふけろん》」とされている。

これらは、仏教の祖である釈迦の人生の最後の言葉としても伝えられている。すなわち、仏教においては「大人」を目指すことが大きな目標となっている。一般に、仏教は宗教とされる。しかし、仏教は釈迦とそれに続いた偉人が考え抜いた「心の科学」だと、私は思っている。

「天は人の上に人をつくらず、人の下に人をつくらず」と言った福沢諭吉も、人を上等・中等・下等にランク分けしている。そして、それはその人が亡くなったときの、世の中の人々が下す評価に端的に現れると説いている。

その評価をかいつまんで言うと、「死なれては困る」・「死んだのはお気の毒である」・「死んでくれてよかった」になる。また、人の貧富や社会的地位は、三つの等級の内のどの等級の人になるかに、関係がないとしている。


「仏教」で言う「大人」までは、なかなか到達できないと思う。しかし、最近は「大人（おとな）がいなくなった」とよく言われる。その時の「大人」とは何を言っているのだろう。私は「自分のことはさて置いても、他の人のことを考えることができる人」だと思っている。それには、まだ成長していない「子供」に接する「成人」の姿を思い浮かべればよい。

「子供」の無知につけ込んで、「子供」の持っているものを取りあげたり、「子供」への配当を少なくすることなどは、決して「大人」のすることではないと思う。本来、「大人」は「子供」の幸せを願うものである。そして、「大人」が「子供」のことを大事にすることは、好い循環を社会に生み出す。

人間が棲む社会において、「大人」が「子供」を大事にすることは、「社会の美しい流れ」を生み出す。そして、そのような流れは、現在において重要性が指摘されている「社会のサステイナビリティ」すなわち「社会の持続可能性」の基本となる。

日本人が「子供」を大事にすることは、日本が世界に知られ始めた時から、外国人によって指摘されていた。「子供」におもちゃを買って帰る貧しい農民の姿などは、外国人にとって驚愕に値するほどであったらしい。

そのような「社会の美しい流れ」が存在した日本において、それよりも時代が下った今の社会が、よい伝統を引き継ぐのは当然である。にもかかわらず、現実は実の親による「子供」の虐待や殺人が世間を騒がせる。これも、真の「大人」が少なくなっている証だと思う。

真の「大人」は、本当に少なくなったと感じる。他人のことを慮るのではなく、「多少の不正義には目をつむり、自分あるいは自分を含む身近な者の豊かさを考える人」が「大人」だと捉えている人が多い。その「言い訳」として、「清濁併せ呑む」という言葉がよく利用される。

また、「現実的」という言葉も、「言い訳」によく用いられる。その言葉は、社会の美しい流れを保つことが「大人」の役目であることを忘れている人、あるいはそのための努力を怠っている人によって、よく用いられる。人間の欲望がつくり出した、「社会の醜い流れ」を「現実」として捉え、それに従うしかないと考える人の「言い訳」に感じる。

やはり仏教において、「餓鬼《がき》」という言葉がある。「餓鬼」はいつも腹を空かせているが、口にした物はすべて炎の塊になってしまい、何も食べることができない。子供を「ガキ」と呼ぶが、それは子供が成長するために、いつもお腹を空かせて食べ物をねだることから、「餓鬼」に擬えているのである。現実の社会においても、「大人」ではなく、カネや名誉に飢えた、年をとった「餓鬼」が多い。

いろいろな立場の人たちで形作られている社会においては、日々の生活に追われ、他人のことを考える余裕のない人が多いのは事実だと思う。そのような社会でこそ、その行く末を思い、社会は今どうあるべきかを考え、人に伝えて実践する人が求められる。

その言論や行動は、社会の多くの人々や時の権力者からは認められないこともある。けれども、間違った社会の流れを糺そうとした人たちもいた。そして、それらの人たちの多くは暗殺されたり、投獄されたりした。しかし、時の経過がそれらの人たちの正しさを明らかにした。

そのように考えると、真の「大人」に社会の舵取りである「政治」を行ってもらいたいと思う。ただ、現実の政界を見ると、自分のことしか考えない「小人」の政治家で溢れていることに気が重くなる。ここ何代かの内閣を見ていても、首相自身が「小人」であるばかりか、指名する大臣もほとんど「小人」である。

首相の能力の無さも困るが、人を見る眼の無さは、それ以上に困る。もっとも、イエスマンばかりを選ぶということでは、人を見る眼があるのかも知れない。ただ、古今の例を見れば、イエスマンばかりが集まっているのは、劣った組織の証である。

口にする社会正義とは裏腹な行為を平然と行い、それが明らかになって糾弾されても、平気で居直っている政治家の例を挙げればきりがない。政治家の素質とは、社会からの批難にも平気でいられる「厚かましさ」かのように感じる。

現在の首相である安倍晋三も、首相になる前は、北朝鮮による拉致被害者の救済に、前向きのタカ派的発言をしていた。そして、首相になった途端に、その発言はトーンダウンしたように感じる。

首相になれば、それなりの発言が必要であると、まるで安倍首相を弁護するような政治評論家もいる。けれども、国民は首相になる前の発言を聞いて、その支持を考えたのである。信念を持たず、その時々で世の中に媚びた発言をすることは、決して「大人」がしてはいけないことである。

「美しい国」と言いながら、首相が指名した閣僚の不祥事は「美しさ」からは程遠いものである。そのような政治家の姿は、子供たちの「大人観《おとなかん》」に悪い影響を与える。「大人《だいにん》」ぶった「小人」の行いを子供に見せるのは、最悪の教育である。

「道徳」や「倫理」は、その社会に生きる「大人《おとな》」の行動の規範となるが、それを実践できる人は少ない。あの人と同じことをしてはならないと言われる、「反面教師」はいくらでもいる。けれども、あの人のようになりたいと思わせる、「真の教育者」は少ない。そして、教育は学校だけで行われるものでないことを、人々は認識しなければならない。

社会の規範は、それが生まれた風土や歴史によって異なる。卑近な例で言えば、自動車の「左側通行」と「右側通行」のどちらが正しいかを議論しても、意味が無い。ただ、その社会の中で規則を定め、それを皆が守ることが大事である。

これまでの日本の社会を見ても、リーダーであるべき首相の行為の誤りを指摘する声は大きかった。その誤りに気付いた政治家も多くいたはずである。それでも、首相に諫言する人は周りにはいなかった。

そのような状況は、首相を「裸の王様」にしてしまう。そんな時に、勇気を持って諫言するのが「大人《おとな》」だと思う。そして、現在もそのような状況にあることを憂う。「忖度」する者だけが首相の周りを取り囲んでいる。

呉兢の著書である『貞観政要《じょうがんせいよう》』に書かれた、唐の第二代皇帝であった太宗は自身の行いに諫言するのを仕事とする「諫議大夫《かんぎたいふ》」を身近に置いた。人間は自身が一番見えないことを太宗はよく分かっていたのだろう。もちろん、その諫言を受け入れることの大事さも分かっていたと思う。

「小人」は、自身の真の姿を見透かされないよう、まともな「大人」を社会的に抹殺しようとする。人間の社会の歴史は、「大人」による建設と、「小人」による破壊の繰り返しのようにも見える。

社会の安定は惰性を生み、価値観の固定を招く。よい大学・よい会社・よい職業などを、社会の流れの中で人々は意識させられ、いろいろなことに序列がつき、人々はそれを容認する。「小人」は、そのような社会の中で他人のことを考えず、時には不正をしてまでも少しでも高い序列を目指す。

不思議なことに、「小人」は殆どがナルシスト（自己愛者）で、自身を優れた人間であり、「大人」だと思っている。それは、「大人」になる努力を止めたのと同じである。このような偽者の「大人」を見抜く社会的なシステムが必要であると思う。

まるで、空のダンボールの箱を積み重ねた足場に立って、自身の高さを誇示しているような人が多い。反対に、小さな挫折を繰り返すことによって、足場を固めながら、より高い位置を目指す人もいる。実力も無いのに、高い位置だけを目指す「小人」が多い。そして、それらの人は自分がその位置に就くためには、平気で他の人を陥れる。

年齢を重ねたからといって「大人」になれるのではない。「ずるいことを平気でする人」が「大人」でもない。混沌とした現状で、社会の進むべき方向を決めるためにも、今一度「大人」とは何かを考える必要があると思う。

そして、私たちは人間として真の「大人」になる努力を続けなければならない。また、多くの人々の努力を通して「大人」が動かす社会をつくらねばならない。

ウチとソト

世の中は、アベノミクスの効果によって円高に歯止めが掛かり、一転して円安が進んでいる。おかげで、トヨタ自動車を始めとする輸出産業は好況を呈している。

一方で、円安は輸入品の価格を高騰させ、生活必需品の中にも値上げされるものが多くなった。長期金利もじわじわと上がり、住宅ローンの金利も連動して上昇してきた。

このような状況を見ると、安倍政権は輸出企業の利益を優先しているように見える。安倍首相は輸出を拡大することでしか日本の繁栄は得られないと考えているように見える。

景気が良くなるとの期待からだろうか、民主党の政権時に比べて株価も上がっている。ただ、急激な株価の上昇には海外の投機資金の流入も一役を買っているようである。

そして、自身の儲けだけを考えて弱い者にたかることからハゲタカと揶揄されるヘッジファンドの、まるでマネーゲームのような株の売買による株価の乱高下が顕著になっている。

また、安倍首相は富裕層をより富ませることで、そのオコボレが世間に流れるトリクルダウンという現象が起きると主張する。しかし、新自由主義者が唱えるこの説の誤りを指摘する識者は多くいる。

デパートでは、高額商品がよく売れている。そして、デパートの売上は大きく伸びた。しかし、これらの高額商品は富裕層が買うのであって、庶民には手が届かない。働いて収入を得ようとしても、職に就けない人がいる。

決して、「社会」の全体に渡って景気が良くなっているのではない。デパートや輸出品の売上が伸びたことを見て、「景気は回復している」と安倍首相を始めとする、政権を握っている政治家は分析する。

そして、同じ「社会」に棲む人の間の「格差」を大きくするような政策が採られ、それは確実に大きくなっている。「景気」の落ち込みを防ぐために、いろいろな手を打つとの言はあるが、消費税の増税などもその一つだと思う。

このような状況にあっては、「日本」という「社会」に属する人が共に豊かさを感じることはない。富める者はより豊かに、そして貧しい者はより貧しくなり、「共生」とは程遠い状況が進行するように思う。

ＴＰＰ交渉への参加表明も、同じように輸出企業の目先の業績のみに目を遣ったものだと思う。安倍首相は「日本」の「社会」のサステイナビリティ（持続可能性）について考えているのだろうか。

「社会」のサステイナビリティの実現のためには、ダイバーシティと言われる「多様性」を認めることが前提となる。安倍首相は、成長戦略のためにダイバーシティが重要であることを力説する。しかし、その本質を理解しているとは思えない。

古来、日本の文化の特徴はウチとソトを区別しないことにあった。それは、建物の内部と一体になった庭のあり方にも現れている。古い建物では、屋根は架かっていても室内は庭と繋がっていた。

建物も日本では、「蓑笠」と同じように雨露をしのぐものであり、決して外界と縁を切るための「宇宙服」のようなものではなかった。日本の建物が自然の中で人間が棲むための「衣服」であれば、「西洋」の建物は外界と隔絶するための「シェルター」のように感じる。

そのようになったのは、日本が木材に恵まれ、柱や梁など細長い軸組材で建物の骨組みを造れるのに対して、「西洋」では石材などを積み上げた壁でしか建物の骨組みを造れなかったからかも知れない。

丈夫な壁は、厳しい寒さから人々を守ることにも役立った。また、侵入しようとする敵の防御にも役立ったと思う。「イタリア」の古い都市の城壁や建物の荒々しい一階部分の外壁や鉄格子は、そのような思いに確信を抱かせる。

閉鎖的になりがちな「西洋」の建物の内部は、木材や布で仕上げられる。また、日本人には異様に思えるほどの数の絵画で飾られることがある。そして、それはそこに居る人たちを取り囲む内壁を、人との肌合いが良い有機的なものにする努力のように思われる。「日本」では冬に襖で部屋を囲むが、そこには襖が無い時に見えるような、自然を題材とした障壁画が描かれることが多かった。そして、閉じられた空間であっても、そのような障壁画はそこに居る人たちに自然と一体になっている自身を感じさせたと思う。

このような例からも分かるように、日本人にとって建物の内部は外部と一体であった。そして、ウチとソトという明確な意識を持っていなかったように感じる。建物は、自然の中で人が生きるために、雨露や寒さを凌ぐ物であった。

それに対して、壁を骨組みとする「西洋」の建物では、内部が壁によって外部と明確に分けられる。そして、そのことが「インテリア」と「エクステリア」すなわちウチとソトの意識が芽生える一因になったと思う。

侵入してくる敵はソトから来て、ウチに居る仲間を襲う。国が地続きであることは、ウチとソトの意識を生み出しやすい。頑丈な城壁に囲まれた「イタリア」の山岳都市を見て、昔のイタリア人はそのような意識を持っていたことを強く感じた。

荘厳な教会内部の重要な装飾となるステンドグラスも、内観と外観とでは人に与えるイメージは全く異なる。それと同じことは、瓦で葺かれた屋根の雑に感じるほどの外観にも言えると思う。


以上、建物のあり方とウチとソトの意識の関係について考えたが、いろいろな場面でウチとソトの意識を感じることが多い。その一つは「家族愛」である。それには自身の家族とそれ以外の家族を別けるという意識を感じる。

「愛」という言葉は良いものとして使われる。「家族愛」という言葉は、家族の構成員どうしが互いを大事に思うことを言っている。ただ、その「愛」が自身の家族と他の家族を峻別してはならないと思う。家族についてもウチとソトを意識してはならないと思う。

「人類みな兄弟」と言うと嘘っぽく聞こえるが、「地球」に棲んでいるのは自分の家族だけではない。そして、他の地球人も自身の家族を大事に思っている。誰もが自身の家族はかけがえが無いと思っている。

「愛」という言葉は陰の面を持ち、「博愛」を表現しようとする場合は、正確に表現できないと思う。そのため、キリスト教では「アガペー」という言葉があり、仏教には「慈

郵 便 は が き

料金受取人払郵便

新宿局承認

2524

差出有効期間
2025年3月
31日まで
(切手不要)

160-8791

141

東京都新宿区新宿1－10－1

(株)文芸社

愛読者カード係 行

ふりがな お名前		明治 大正 昭和 平成	年生 歳
ふりがな ご住所	□□□-□□□□		性別 男・女
お電話 番 号	(書籍ご注文の際に必要です)	ご職業	
E-mail			
ご購読雑誌(複数可)		ご購読新聞	新聞

最近読んでおもしろかった本や今後、とりあげてほしいテーマをお教えください。

ご自分の研究成果や経験、お考え等を出版してみたいというお気持ちはありますか。

ある ない 内容・テーマ( )

現在完成した作品をお持ちですか。

ある ない ジャンル・原稿量( )

書　名				
お買上 書　店	都道 府県	市区 郡	書店名	書店
			ご購入日	年　　月　　日

本書をどこでお知りになりましたか?
1.書店店頭　2.知人にすすめられて　3.インターネット(サイト名　　　)
4.DMハガキ　5.広告、記事を見て(新聞、雑誌名　　　)

上の質問に関連して、ご購入の決め手となったのは?
1.タイトル　2.著者　3.内容　4.カバーデザイン　5.帯
その他ご自由にお書きください。
(　　　)

本書についてのご意見、ご感想をお聞かせください。
①内容について

②カバー、タイトル、帯について

弊社Webサイトからもご意見、ご感想をお寄せいただけます。

ご協力ありがとうございました。
※お寄せいただいたご意見、ご感想は新聞広告等で匿名にて使わせていただくことがあります。
※お客様の個人情報は、小社からの連絡のみに使用します。社外に提供することは一切ありません。

愛」という言葉があるように思う。

ワールドトレードセンタービルへの旅客機突入による自爆テロは、罪の無いアメリカ国民の命を奪った許せない行為だとして、アメリカは声高に叫ぶ。最近では、ボストンマラソンでの爆破テロが同じように取り上げられる。

そのアメリカは中東において、罪の無い一般市民の命を爆撃によって奪っている。しかし、その不当性をアメリカ国民はほとんど指摘しない。アメリカ国民は人の命に軽重があると考えているのではないだろうか。

アメリカ映画の『G.I.ジェーン』や『アイアンマン』を観て、自身の仲間は守らねばならないが、敵は殺してもよいという考えが底を流れているように感じた。そして、そこにはウチとソトの意識があると思った。

それとは反対に、ウチとソトの意識を持つことが良くないことを主張しているアメリカ映画もある。その中には、熊にとって人間は自分たちを狩猟する悪魔のように見えることを指摘する『ブラザー・ベア』や、アメリカに入植した人たちと先住民との争いを題材にしたケビン・コスナーの一連の映画がある。

ケビン・コスナーはアメリカの考え方に警鐘を鳴らしていると思う。それは、人を敵と味方に峻別する考え方である。映画の『華氏911』では、マイケル・ムーア監督が時のアメリカ大統領の考え方のおかしさを告発した。

「テロとの戦い」というスローガンの下で、アメリカは自身の行為を正当化しているように思う。そして、なぜテロが起きるのかについての考究が不足しているように感じる。テロリストというソトを国民に意識させることは、ナショナリズムを高揚させるだけだと思う。

アメリカは無人機を武器として使用することは、アメリカ兵の生命を守ることになり、良いことだとする。しかし、武器はあくまでも敵の生命を奪うためにある。そこにもウチとソトの意識があることを強く感じる。

ロボットの開発もアメリカでは進み、大きな成果を上げている。そこにもアメリカ兵の命を守るために、戦争で活用させるという考えがある。そのことを裏付けるように、アメリカにおけるロボットの開発には、莫大な軍事費が注ぎ込まれている。

日本では惑星探査機「はやぶさ」が話題になった。たび重なる故障にも負けずにミッションを果たして最後に燃え尽きた姿は、誠実さを感じさせて人々の感動を呼んだ。

それは無機物ではあるが、何か生命を持った物として人々は捉えたのではないだろうか。同じように、人は自然の中にある土や石も自身の仲間だと感じなければならないと思う。

自身を中心に物事を考えるのは、人間の性かもしれない。しかし、人は年齢を重ねるとともに、様々な経験を積んだり知識を蓄積することによって自身を客観的に眺めることができるようになる。

「極東」という言葉があり、日本も「極東」に位置する国としてヨーロッパ人は捉えている。確かに、「ヨーロッパ」で作られた世界地図を見ると「ヨーロッパ」が中心にあり、日本は東の端にある。

日本ではヨーロッパを西欧と呼び、日本から見れば西方にある地域として捉えている。そして、アメリカを含めて「欧米」・「西洋」という言葉が用いられる。

このような捉え方は、ウチとソトの意識を持つことに繋がり易い。しかし、地球儀を眺めると「極東」や「西欧」などの発想は出てこない。地球という球形の星の表面にいろいろな国が載っている。

「欧米」に棲んでいる人も、「日本」に棲んでいる人も、そして南半球にある国に棲んでいる人も、皆が地球人である。また、地球には様々な動植物が棲んでいる。

グローバリズムの進展は良いことだと多くの人が思っている。本来のグローバリズムはこの世に生きとし生きる物の全てが球（グローブ）の形をした地球に棲んでいることを意識することだと思う。そして、そこにはウチとソトという区別はない。

「法律」も「社会」における人々の行為に、「合法」と「違法」という区別をする。「法律」は多くの人が棲む「社会」のルールであり、それは長い歴史の中でそこに棲む人々が得た智慧でもある。

「社会」がうまく運営されるためには、その「社会」に棲むほとんどの人が適切だと思うルールを守ることが大事であり、「法律」はそれを明文化したものである。ただ、明文化は抜け道を造ることになる場合もある。

その抜け道を探して、自身の利己的行為を「合法」にする者がいる。そのような行為を行う者は、「法律」が「社会」の健全な運営のためにあることを意識的に無視している。

多くの人が棲む「社会」では、「法律」による「合法」と「違法」の間にある壁を利用する者が出てくる。利己的な自身の行為を正当化したり、自身の罪を他の人になすりつける者も出てくる。

さらに言えば、「違法」と判断されなければ何をしてもよいと考える人は、「自身の幸福のためには他の人は不幸になってもよい」と考えているように見える。「他人の不利益は自身の利益になる」と信じているように思う。

古くは、『必殺仕事人』や『ハングマン』などのテレビ番組が、そのような状況におかしさを感じる人たちから支持を得た。同じことをテーマにする映画やテレビ番組は今もある。

「他の人はどうなっても、自分さえ良ければよい」という考えは下品だと思う。そのような考えに従った行為をすると「育ちが悪い」と評価され、それを行った人だけが批難されるのではなく、その人を育てた親に恥をかかせることになる。

法曹界でも、「法律」の抜け穴を利用した行為の頻発に対する危惧から、「法律」を定めた「法の精神」を活かそうとする「リーガルマインド」の重要性が指摘されている。

「タックスヘイブン（税金天国）」を利用して、合法的な脱税を行う人間や企業がある。しかし、税金は「社会」の運営のための必要経費として、「社会」の構成員は平等に拠出しなければならない。

「タックスヘイブン」として有名な「英国領ケイマン諸島」の住民は税金を払わずに、様々な公的サービスを受けることができる。その人たちの表情を見た時、盗品と知りながら商売をする「故買屋」を連想した。

また「水」は貴重な資源であり、近い将来の世界的な「水不足」が懸念されている。日本は水に恵まれ、いろいろな場所から水が湧き出ている。そのような水の湧き出る土地が外国によって買われている。

このような状態を放置すると、所有権を持つ外国人が将来の日本の水の枯渇のことなどを考慮せずに、自身の目先の利益だけを考えて、所有する土地の水を取り尽くすのではないかと危惧する人もいる。

さらに、わが国の防衛のために必要な施設の周辺の土地が他国によって所有されていることも明らかになった。このことは、日本の「防衛」が脅かされていることを物語っている。

これら一連のことは、土地の所有についての「法律」が可能にしている。「政治家」と呼ばれる日本の指導的立場にある人は、このような現実をよく見て的確な行動を採ってもらいたい。

近頃は、「勝ち組」・「負け組」という言葉をよく聞くようになった。努力や工夫によって、自身や自身の組織が他者や他の組織よりも何らかの面で優れた結果を出したのであれば良いと思う。それは向上心を常に抱くことに繋がる。

しかし、自身や自身の組織が「勝ち組」となって支配者になろうという考えは誤りだと思う。現在の先進国が主導しているグローバリズムも先進国が自らが有利になるルールを押し付けることによって、発展途上国を支配するためのものと感じる。

「ＩＭＦ」が発展途上国の発展のためとして行った施策は「格差」を拡げただけで、ほとんどが失敗に終わった。成功したように見えても、「富裕層」と呼ばれる「勝ち組」を貨幣経済的に潤しただけであった。

呆れるほどの金銭的な富を有する者がいる一方で、生命をつなぐ食糧さえ口にできない人々がいる国がある。そんな国では、「自分さえ良ければよい」と考える人を取り締まることができないのだろう。

ずっと以前から「富の偏り」は「搾取」によって起こされた。日本においても、「搾取」は昔から行われている。「額に汗する者が報われる社会」の実現を図るという首相の言葉とは裏腹な現象が起きている。

「社会」の中にある「格差」は、一生懸命働いても金銭の余裕を持てない人々を指す「ワーキングプア」という言葉を生み出した。学歴が高くても、それが収入に繋がらない「高学歴ワーキングプア」という言葉もある。

「学力」も親の収入額に大きく関係するとされている。このような状態が続くと、「社会」の中に支配層と被支配層が生まれるとともに、それは出自によって固定されてしまう。

今の日本では、消費期限を守るために多くの食品が廃棄される。その日本で餓死者が出る。きっと、その人たちは極限状態の飢餓を周りの人に相談もできなかったのだろう。日本において、豊かさは決して共有されていない。

このように考えると、「富裕層」は「社会」における「浮遊層」だと思う。「社会」が健全であるためには、そこに属する人々が自分だけではなく、皆の幸せを願うことが前提になると思う。

「宗主国」と「植民地」の関係のように、他国の生産の成果を一方の国が搾取することは古くから行われた。時代の流れの中で、「植民地」を持つことは良くないことだというコンセンサスが形成され、「植民地」は無くなった。

しかし、グローバリズムという耳触りの良い言葉で呼ばれるイデオロギーが市民権を得てきた。そして、それが実質的な「植民地」を生み出している現実に人々は目を遣らねばならない。

また近頃は、「国益」という言葉が政治家の口からよく発せられる。そのような政治家は、「国益」を守ることは「国民」を第一に考えることと同義であるかのように考えていると思う。

果たして、そうであろうか。確かに「国益」を守るという言葉は「国民」に快く聞こえる。しかし、それは「自国」と「他国」を明確に区別することになり、ウチとソトの意識を強く持つことに繋がる。

「自国」が損をしてはならないと思う。ただ、「自国」の利益だけを守り、「他国」の損を無視してはいけない。「国益」を守るという考えには、各国の「共生」についての配慮が抜け落ちているように感じる。

ＥＵ圏内においても、ギリシャでは経済危機が起きている。これなども、本来ＥＵとして一つになるべき国どうしが各国の「国益」を第一に考えていることが原因していると思う。

ソチオリンピックが終わった。選手たちの真剣な姿は、人々に感動を与えた。その開会式や閉会式には、主催国であるロシアのプーチン大統領も出席した。このオリンピックからプーチン大統領には、自国の「国益」だけを考えるのではなく、人々が努力しながら共生することの素晴らしさを学んでほしい。

「ビジネス」は、一般的に「仕事」と訳されるが、英語ではBusinessであり、人をBusyな状態にさせるものを指す。また、「レクリエーション」はRecreationであり、人を創り直すことを指している。

いずれも、「仕事」をして「お金」を稼ぐことは人の心の余裕を無くさせて体力を消耗させると捉えられていると思う。ここにも、ウチとソトの意識があると感じる。

それに対して、「仕事」をすることは「お金」を稼ぐためだけではなく、自身の能力を高め、他の人を助けることにもなるという考え方もある。このような考え方をする人は、「仕事」をすることは楽ではないが、「仕事」は自身を向上させるとともに人を助けるものであると捉える。

そして、そのような「仕事」を続ける人は「定年」などは考えないと思う。「定年」を設けることは、生きている人をゴミのように捨てるのと同じだと感じる。確かに、年齢とともに人の体力は低下する。しかし、歳を重ねることは「経験」を積むことでもある。

体力のある若い人に「経験」を伝えることも大事なことである。そうすることによって、年齢を重ねた人は存在する価値をもつとともに、若い人から尊敬を受けることができる。

そこには、「長幼の序」が自ずと生まれる。そして、人でできた「社会」のサステイナビリティが保たれると思う。もちろん、ただ年齢が高いことが評価されるのではない。先に生まれた者は、後から生まれた者の手本にならなければならない。

「自分さえ良ければよい」という考えは、多くの人が棲む「社会」を維持していくためには害になる。そのような考えを「社会」の構成員に持たせないためには、「社会」のサステイナビリティを保つための「教育」と「監視」が必要になる。「人間は利己的なものだ」や「戦争が起きるのは仕方の無いことだ」と思うことは、利己的な行為や戦争を是認するのと同じである。心の持ち方でこれらを無くすことができると思う。そのためには、そのような心をつくる「教育」が必要である。

「魁より始めよ」という格言がある。集団の長となる人は、他の構成員に自ら範を垂れなければならない。向上心もなく、上昇志向だけを抱いて高い地位に就いた者は「下位より始めよ」とでも考えているのか、自らの責任を果たさずにその地位に与えられた特権だけを享受する。

自己および家族というウチをつくり、ソトはどうなってもよいと考えてはいけない。その象徴のように、ウクライナの紛争の原因をつくったヤヌコービッチ大統領の利己的な行為が明らかになった。

利己的な考えを生み出さないためには、世の中の「大人」の日頃の行為が大事になる。そして、利己的な行為は恥ずべきことだという空気が「社会」には必要だと思う。

「大人」は「子供」の見本にならなければならない。世の中には、「あの人のようになりたくない」と思わせる反面教師の役目をする人間は多くいるが、「あの人のようになりたい」と思わせる真の「大人」は少ない。

ウチとソトという意識を持つことは、人々を「共生」から遠ざけてしまう。また、「社会」における「格差」が拡がる。そして、人間が構成する「社会」のサステイナビリティを無くさせる。

「武士道」再考

「サムライ」という言葉を、日本人以外の人から聞くようになった。『ラスト サムライ』のタイトルが付いた映画がハリウッドで作られた。その映画の主演を務めたトム・クルーズが「サムライ」に憧れていることも報道された。

日本の文化や思想が世界的にも評価されてきた。ただ、明治の初めに、日本が世界に知られ始めた時も、日本を評価する人が多くいた。それらの中には、『大日本』のように書籍になったものもある。その著者は、初代の工部大学校校長のイギリス人ヘンリー・ダイアーである。

その他にも、日本民族を高く評価してくれた例はいくらもある。それらの多くは、日本民族の礼儀正しさや技術の優秀さなどを褒めている。ただ、評価してもらった事柄には、民族としての遺伝的な優秀さだけでなく、日本の文化や思想が大きく影響していると思う。

都合の良い物だけを集めて、少し褒め過ぎではないかと思えるが、『日本は外国人にどう見られていたか』という書籍には、初めて日本人に接した外国人が見た日本人の姿や心の持ち方が多く記されている。

日本の文化や思想は、多分に中国や韓国の影響を受けている。しかし、外国から入ってきたものは、日本という閉じた国土の中で、独自の発展を遂げたと思う。その背景には、海に囲まれて境界が明確な国の中では、互いに争うのではなく、「共存していくことが大事である」という大方の人々の智慧があった。

卑弥呼の昔、『魏志倭人伝』に記されているように、日本も多くの国に分かれて、争いを繰り返していたと思う。しかし、人々の眼が自身の国だけでなく、日本というひとつの塊を意識したとき、争いを続けることの無意味さを人々は知った。

そのようなことは、群雄が割拠した戦国時代を通して、より明確に捉えられたと考えられる。そして、多少の不満はあっても、何らかのルールに則って、生活していくことが天下の太平を実現することを、人々は学んだと思う。

また、皆が助け合って、いろいろな物事にあたってきたことも、そのような智慧が生まれたことに、大きな影響を及ぼしたと考えられる。そして、日本人が農耕民族であったことなども、その土壌としてあったと思う。日本の農耕の中心であった「稲作」では、周囲の人々の協力が必要であったことが、よく指摘される。

日本という国の空気の中で、「もやい」のような生活様式が生まれたと思う。藁葺き屋根の葺き替えなどで、多くの人が助け合う光景を眼にした時には、その精神を強く感じる。日本で、よく使われる「お互い様」や「お陰様」などの言葉にも、人々の共存の歴史を感じ取ることができる。

『ラストサムライ』に描かれた「サムライ」は武人であった。そして、それらの人々の間にある、価値観と秩序が強調されていたように思う。その人たちが共有した「生き方の美学」が「武士道」だと思う。

「武士」は武人をイメージさせ、戦いの臭いを感じさせる。しかし、新渡戸稲造の著した『武士道』は、武士だけでなく、日本人の「生き方の美学」を記述したものだと思う。そして、多くの外国人が、その美学に共感してくれたのだと思う。

繰り返すことになるが、このような「美学」が生まれた背景には、日本という国の特徴があると思う。それは、島国であって、国の境が明確であったことや、島国といってもかなりの広さを有していたこと、そして、そのような国土の中で、人々は争うよりも共存することの大事さを、学んだことなどである。

これらは、流行語にもなっている「サステイナビリティ（持続可能性）」を、日本の社会に生み出すことになった。言い換えれば、人間社会の持続性を保つには、人々の共存が不可欠であることが、日本では昔から認識されていたと思う。

そして、そのためには豊かな自然が必要なことにも、人々は気付いていたと思う。「八百万《やおよろず》の神」が日本には居た。木や花はもちろん、足下の土にも神は宿っていると、日本人は考えた。

最近、「ユビキタス」の語もよく使われる。とくに、「ユビキタスコンピュータ」という言葉は、人間の生活のあらゆる場面にコンピュータがあり、それらが連携している様子を指している。「ユビキタス」の語は、「キリスト教」における神の「遍在性」を表現するために、使われた。神はすべてのことを見ていて、あらゆる所に神は出現する。すなわち、「神は遍在する」ことを表すために使われた。

けれども、この語の流行の火付け役となった坂村健は、「キリスト教」のように一人の神が、どんな場所にも現れるのではなく、「八百万の神」と表現される如く、至る所にコンピュータが存在する状態を、言いたかったらしい。その状態を坂村は、「ドラえもん」の「どこでもドア」になぞらえて、「どこでもコンピュータ」と表現している。

話が飛んでしまったが、「自然の中で生かされている」という考えが、日本の文化の底にあり、「武士道」の背景にもなっていたと思う。このような日本古来の雰囲気の中では、「自分さえよければよい」という考えは、生まれる余地が無い。

人間の社会は、「支配者」と「被支配者」を生み出しやすい。これも、本来は「知恵の働く者」と「言われたことは誠実に行える者」の関係であるはずである。すなわち、「指導者」と「指導される者」との関係であって、決して人が人を支配するものではない。未開拓の土地で生きる糧を得る術を、人々に教えた「指導者」が居たと思う。それらの人の子孫は、代々にわたって、その土地の「指導者」たることを運命付けられ、「豪族」や「名家」と呼ばれる家柄ができた。

そして、そこには「ノーブレスオブリージュ」と言ってよい、心構えが存在したと思う。このような関係は、「大人」と「子供」の関係に喩えられる。本当の「大人」は、決して「子供」の無知と弱さに、付け込んだりしない。「子供」の幸せを願うのが、「大人」である。そして、「大人」は「皆が一緒に幸せを感じること」を至上の喜びとする。

世界は、ボールのような形をした地球の中にあり、閉じていることが分かって久しい。

そのような世界の中で、そこに棲む人々の幸せを実現するためには、「閉じた国」の中で育まれた文化や思想が参考になる。そのような意味において、「武士道」は日本人だけでなく、他の国の人々にも、「生きるための指針」を与えると思う。

向上心と上昇志向

カナダのバンクーバーで行われた冬季オリンピックが終わった。引き続いて行われたパラリンピックでも、日本の選手の活躍が目立った。一流のアスリートを見ていると、日頃の努力の様子がうかがえる。常に自身に目標を課し、鍛錬を続けていることが分かる。

これとは反対に、自身を最高と思い込んで他者を見下す人がいる。そのような人は、自身よりも優秀な人がいることを認めたくないのだろう。そのため、自身よりも優れていると思う人を自身の視野から消そうとする。

その方法は、それらの人の左遷であったり、抹殺であったりする。このような現象は、いたる所で見ることができる。先の大戦では、優秀な将校が前線に追いやられ、戦死させられた。

死なされた将校の立派な行いが、書籍になったり映画になったりしている。能力のない嫉妬深い参謀たちは、気に入らない人の形を消した。けれども、その業績を消すことはできなかった。

ここでも、目に見える物だけがすべてだと考える人間の浅はかな行為があった。人はいずれ死ぬ運命にある。しかし、その行いはずっと語り継がれて後世の人々に影響を与える。

目標を持ち、努力を続けている人は決して偉そうにしない。自身の未熟さを、日々の努力の中で自覚するのだろう。それと反対の人は、自身より優秀な人間はいないかのように、偉そうにふるまう。

そして、少しでも高い地位に就こうと、なりふり構わぬ行動をする。これらの人は自身を完成された者と思い、自身を高めるための努力をしない。まるで、就いている「役職」だけで人々が下す自身の評価が決まると思っているように見える。

このとき、前者は「向上心」を持っていると言える。また、後者は「上昇志向」であると言える。そのように考えると、世の中には「向上心」を持たずに「上昇志向」である人が多い。

そんな人は周りに見ることもできるが、政治の世界にいるときはテレビなどの報道のせいもあって目立つ。物に例えると、包装さえ立派であれば、中身はどうでもよいと考えているようである。

「向上心」を持っている人は、素直に他の人の意見を聞く。それは、自身の向上のために乞う教えだけでなく、自身への批判の場合もある。そのような人には、他の人も率直に意見してくれる。

「向上心」を持たない人は、自身への称賛は喜んで聞くが、批判をした人を責める。そして、外からは「偉そうな人」に見える。「偉そう」と「偉い」が違うことを全く分かっていないようである。

悪意のない意見をくれる人の多さは、自身が進んでいる方向の正しさのバロメータになるかも知れない。いろいろと注意してくれる人がいるのは、幸せなことだと思う。

そのお陰で、自身では気付かない欠点が分かったり、努力の方向が見えたりする。世辞を言うのは簡単であるが、苦言を呈するためには相手に対する愛がなければならない。

「人の振り見て、わが振り直せ」という格言がある。「上昇志向」の人の生き方の醜さを確認するとともに、「向上心」を持つ人の清々しさを見て、自身の生き方の指針を得たいと思う。

「地獄」は「智慧」の産物

『千の風になって』という歌が流行っている。その歌詞に「私のお墓の前で泣かないで下さい。私はそこには眠っていません」というくだりがある。歌の中では、死んだ人は風になって大きな空を吹き渡っている。そして、生きている人間を見ている。

死後の世界のことは、生きている人間には分からない。死ねばすべてが終わってしまい、霊などはいないのだろうか。それとも、死んだ後も霊になって、生きている人間の行いが見えるのだろうか。

夏には、涼を得るために「怪談」がよく話される。本当に霊がいれば、「怪談」のように怨念を持つ霊が現れる。罪を犯した者が悪夢にうなされるのは、霊のせいだと言う人もいる。実際に、悪夢から逃れるために罪を償いたいとして自首する人もいる。

ただ、「詐欺」を働いたり、「消費者金融」を営む人たちは、「死ねばすべてが終わる」と思っているように感じる。生きているときがすべてだから、「人はどうなっても、自分さえ良ければよい」と考えているように思う。

「死んでお詫びをする」という考えが日本にはある。「切腹」などは、そのために行われることが多かった。生きている苦しさから、逃れたいための自殺もある。行き場の無くなった「政治家」が自ら命を絶つ事件も起こっている。

でも、死後の世界があり、「生前の行い」によって棲む死後の世界が決まる、とするとどうだろう。そこでは、いくら辛くても死んで苦しさから抜け出すことはできない。まさに、「無間地獄」である。

日本では、死後の世界の決定は「閻魔大王」が、その人の「生前の行い」を見てするとされている。「閻魔大王」を騙すことはできない。「天国」に行ければよいが、「地獄」に堕ちれば悲劇である。「地獄」は「血の池地獄」や「針山地獄」など、種類も豊富である。「地獄」があると思えば、人は生きている間に善行を積もうとする。少なくとも、他の人を悲しませることはするまいと考える。そのような人たちがつくる社会では、周りの人たちのすべてが自分の味方である。心ならずも、誰かに迷惑をかけてしまった人は、相手に素直に謝る。真剣な謝罪に対して、人は大らかに応えられる。

そして、そのような社会では、皆がいつもニコニコしている。「次は、どんなことをして人を喜ばせようか」と、皆が考えている。そこでは、人の喜びは自身の喜びである。人に喜ばれる生き方をして、「地獄」には決して堕ちないようにすれば、皆が楽しく生きられる。

「親」から充分な愛情を受けて育った「子供」は、大きくなると周りの人に愛情を与えると言われる。「育ちが良い」というのは、このことを言っていると思う。「親」が「子供」を大事にすることで、「育ちの良い人」が溢れる社会ができ上がる。

「悪い人」が溢れる社会の中で、「良い人」でいることは難しい。逆に、「良い人」ばかりの「社会」で「悪い人」でいることも難しい。「悪い人」を減らすためには、「良い人」を増やせばよい。

人が人を思いやる社会は、「大人」が「子供」に愛情を持って接する社会でもあると思う。そこでは、実の「親」だけでなく、周りの「大人」が「子供」に愛情を注ぐ。「地獄」が有るか無いかはわからない。けれども、「地獄」が有ると考えるのは、社会に棲む者の皆が人生を楽しく送るための「智慧」の産物だと思う。

ホンモノとニセモノ

カネを騙し取るために、美術品の贋作が作られる。ニセモノは美術品に限らない。近頃は、人間のニセモノも多い。ニセモノの政治家・ニセモノの教師・ニセモノの実業家など、世の中はニセモノの花盛りである。

ニセモノが成り立つためには、そのホンモノの高い評価が前提となる。混沌として、出来上がりつつある「社会」においては、ホンモノしか役に立たない。けれども、社会が完成して安定すると、いろいろと高い評価を得る物や立場が見えてくる。

それは、有名な作家の作品であったり、国会議員や大学教師といった職業であったりする。また、それらの人を多く輩出している学校がある。それらの学校は、社会ができつつあるという状況の中で、高邁な理想を抱いた設立者と、その協力者によってつくられた。

卒業した人たちの努力は、学校の序列を生み出す。そして、その序列の下に、なり振り構わない受験競争が始まる。そのような競争に加わる人たちは、その学校の卒業証書が欲しいのであって、その設立者の意志を受け継ぎ、校風を学ぶことは二の次に考える。

また、職業や地位についても、その職業や地位に就くことが目的であって、行うべき役割の認識やそのための能力を有しているかは問題とならない。つまり、そのような人はニセモノであり、その職業や地位に就いてはいけない人である。

ある国立大学へ、知り合いの先生を訪ねたことがあった。その時、近く学部長選があり、学部として解決しなければならない、大きな問題を抱えているとのことであった。そんな話をしている最中にドアをノックする音が聞こえた。

そのあと、ノックした人と先生は廊下で話をした。戻ってきた先生の話では、今の人が学部長の候補になっている人で、「学部長に推薦しないでくれ」と頼みに来たということだった。何事も無い時であれば、そんな人は他の候補者の足を引っ張ってでも、学部長になる人だと思った。

「武道」の世界においても、ニセモノが高い地位に就き、現実に対処できなかった例があった。敗戦後の日本で、剣道の優秀さを示すために、アメリカの銃剣術の名人と日本の剣道の代表者が試合をすることになった。その時、日本の剣道の代表者となったのは、鹿島神流の国井善弥であり、試合の勝者となった。

それまで、国井善弥はいろいろな武道の大会に顔を出して、その主催者のニセモノぶりを指摘した。そのようなことから、武道関係者から国井善弥は煙たがられていた。しかし、銃剣術との試合に当たって、日頃は偉そうにしている武術家の中から、代表に名乗りを上げる者はおらず、国井善弥が推薦された。

また、鉄道や道路の建設などの、公共事業における建設費は、建設国債が発行されなければ、税金から捻出される。そして、利用者数の予測の誤りは、運営費の補顚などとして、最終的に公的資金の投入に繋がる。それは、建設費だけでなく、予測の誤りによる金銭的な負担を、納税者に押し付けるものである。

不正行為と言ってよいほどの予測の誤りがあり、それを起こした人間が明らかになっていても処分されない。このようなことは、「法治国家」を標榜する国では、あってはならないことである。これも、「官」と呼ばれる人たちにニセモノが多い証拠だと思う。

果たして、公務員は今ほどの人数が必要なのだろうか。国民へのサービスには関係のない手続きを増やし、それを処理するために公務員が必要なのだという理屈を、もう通してはならない。公務員の人件費は、最終的に納税者の負担となる。無駄な公務員の人件費を減らし、納税の公平性を保つことは当然である。

話が飛ぶようだが、建築物の柱と柱の間隔をスパンと言う。鉄筋コンクリート構造の建築物では、そのスパンの限界はおよそ10ｍである。それ以上になると、床を支える梁には大きな断面が必要となり、その重量も増える。そして、その重量を受け持つために、梁はさらに大きくならざるを得ない。そのために、スパンには限界がある。

これと同じように、公務員の数が増えることによって、その人件費が増大し、人々が納めた税金は、人々へのサービスに回らず、公務員の人件費に消える。その中で、ニセモノの公務員への人件費は、大きな割合を占めると考えられる。

役所の無駄な仕事ぶりは、ずっと以前から見られていた。明治期に日本の奥地にまで出かけ、自分の目でその姿を見たイギリス人のイザベラ・バードは、日本人の子供をかわいがる長所を褒めるとともに、役所の無駄の多さを欠点として指摘した。

「年金」が話題になり、「社会保険庁」の杜撰な管理が問題となった。そこで働く職員の問い合わせ者への対応も問題となった。それに加えて、年金徴収の窓口である市町村での横領も明らかになった。多くの役所で行われた「裏金作り」も世間に知れ渡った。

その背景には、納められたカネは自分たちのものであるという、ニセモノの「公務員」

の意識があると思う。また、時が経てば問題はウヤムヤになるという意識も働いていたと思う。「赤信号、みんなで渡れば怖くない」と同じ意識が蔓延していたのではないだろうか。

けれども、それは明らかな犯罪であり、責任の追及には厳格さが必要である。時効を盾に取った逃げ得は許してはならない。このようなことを放置していては、同じような不正が繰り返される。「赤信号」を渡った人間が如何に多くとも、罰するべきである。

「ハコ物行政」と呼ばれる行為にも住民の豊かさを増すための有効な手段を考えることができない、国民の代表者を自称する議員や行政に携わる公務員の能力の無さを感じる。また、そのような行為も「公共事業」を行うことによって、金銭的に潤う人間がいるからこそ繰り返されると思う。このような事態が続くのも、税金は自分たちのものと考える、ニセモノの議員や公務員がいるからである。

国民や市民の負担を減らし、その幸せを実現させるのが、本来の議員や公務員の役割だと思う。しかし、ニセモノは自身の幸せにしか興味が無い。そして、その幸せを考えなければならない国民や市民を、無知でカネを貢がせる者として見ている。

これらのニセモノは「どうせ誤りの責任はウヤムヤになり、自分たちは責任を取らなくてよい」と考えている。ただ、自分たちの利益に結びつく事業を始めさせるために、屁理屈をつけて事業の有益性を説く。

このような事態を放置してはならない。責任の所在を明確にして、事態に対して厳正に対処することが重要である。厳正な対処を怠ることは、ニセモノの増殖を促す。また、それらの不正に対して厳正に対処することは、将来の税金の無駄使いの防止に役立つ。


ニセモノを無くすことは、ホコリやゴミを取り除き、排管に詰まった物を取り出す日々の清掃に似ている。また、壊れたり耐用年数に達した設備は取り替えなければならない。「社会」というシステムにも、いつしか増えるニセモノを除去したり機能しなくなった部分を改めることが必要である。

ただ、マスコミに取り上げられたものはホンモノだと思ってしまう、一般の人たちの判断能力にも問題がある。最近は、『発掘！　あるある大事典』でのニセ報道が大きな社会問題になっているが、それを信じた人たちも多くいた。ニセモノはマスコミを使って、自身をホンモノだと人々に思わせる。

マスコミによるニセ報道は、もっとあると思う。けれども、思考停止状態にある人たちはマスコミを絶対のものとして信じてしまう。その意味で、マスコミの関係者には社会正義に対する高い意識を持ってもらいたい。

ベストセラーになった『バカの壁』の中で、著者の養老孟司は「誰にでもバカの壁はある」と言っている。ニセモノは自身が批判されたとき、「そんなことを言う、あなたは完璧なのですか」と必ず言う。そして、その言葉によって自身の保身を図るが、それは詭弁である。誰も完璧を望んでいないし、自分が完璧だなどとは考えていない。ただ、行いがあまりにひどく、他に迷惑をかけていることを指摘されても、ニセモノは自身の行いを正当化しようとする。そのような人は、上昇志向であっても向上心は持っていない場合が多い。ホンモノは、精一杯に他人のことを考えて行動する。そして、他の人からの忠告を素直に受け容れる。

きっと、完璧な人はいないと思う。大リーガーのイチローの凄さは万人が認める。けれども、イチローの打率は10割ではない。でも、人はイチローを評価する。イチローも自分自身を高めることを目標にして、日々の精進を続けていると思う。そして、その努力が凄い記録を生み、人々はイチローを評価するのだと思う。

「社会」が安定して自動的に動いているように見える時には、至る所でニセモノがはびこる。ただ、これらのニセモノは初めての局面に対処することはできない。ニセモノは、グライダーのように「社会の流れ」という風に乗っているだけである。それに対して、ホンモノはエンジンの付いた飛行機のようである。したがって、風に逆らって進める。

ただ、ホンモノも「社会」の中に棲む人間であり、その流れの影響を受ける。言葉はもちろん、服装や生活のスタイルなども、自分だけのものを貫くわけではない。ニセモノはその点を突いて、自己を守ろうとする。


「自分だけが良ければよい」という考えに基づいて、わずかな人が行動を起こす。その誤りを指摘せず、その流れに乗ってより大きな「社会の流れ」を生む人たちがいる。その結果、その「社会の流れ」はまるで雪崩のように、「社会」を構成するすべての人々を飲み込む。ホンモノも、その流れの影響を否応なく受ける。

多くの人は自身の真贋の判断はできなくても、他の人の真贋は判断できる。このような特性を活かした、ニセモノの排除のためのシステムが必要である。とくに、公共の事業における、「ニセモノを排除するシステム」の構築が急がれる。そして、「社会」を構成する私たち自身がホンモノになる努力を怠ってはならない。

「保守」と「革新」

「保守」という言葉は、旧態然としたやり方を守る「守旧」と捉えられ、多くの人は良いイメージを抱かない。それに対して「革新」は誤った旧来のやり方を打破して刷新することと捉えられ、多くの人々に良いイメージを与える。

ここで、本当の「保守」と「革新」とは何かを落ち着いて考えてみたい。「頑固」・「惰性」や「既得権益の温存」などのイメージが付きまとう「保守」であるが、良いものとして見直す動きがある。もちろん、その時の「保守」は多くの人々がイメージする「保守」とは異なる。

例えば、社会のあり方に多くの提言をしている佐伯啓思は著書である『自由と民主主義をもうやめる』の中で、「伝統」と新しい「革新」的なもののバランスを図ろうとする精神」として「保守」を定義している。

この定義でも明らかであるが、佐伯は「伝統」の大事さを重要視している。そして、「民主主義」や「人権擁護」の発祥の地であるヨーロッパにおいても、「伝統」に根差した

「保守」が息づいていると述べている。

ここで、佐伯の考えを参考にした「保守」と「革新」についての私の考えを述べる。図に示したようにサステイナビリティを持った社会運営とは、きれいな円を描くことに喩えられると思う。

その際、「伝統」を意識するとは円の中心を意識することであり、その時々の進むべき方向を考えて進むことが「革新」だと考える。そして、常に円の中心を意識しながら進むべき方向を定めることによって、結果的にきれいな円を描けると思う。

「君子は豹変する」という孔子の言葉がある。この「豹変」は、その時々の自身の利益を考えて自説を変える「変節」と捉えられ易

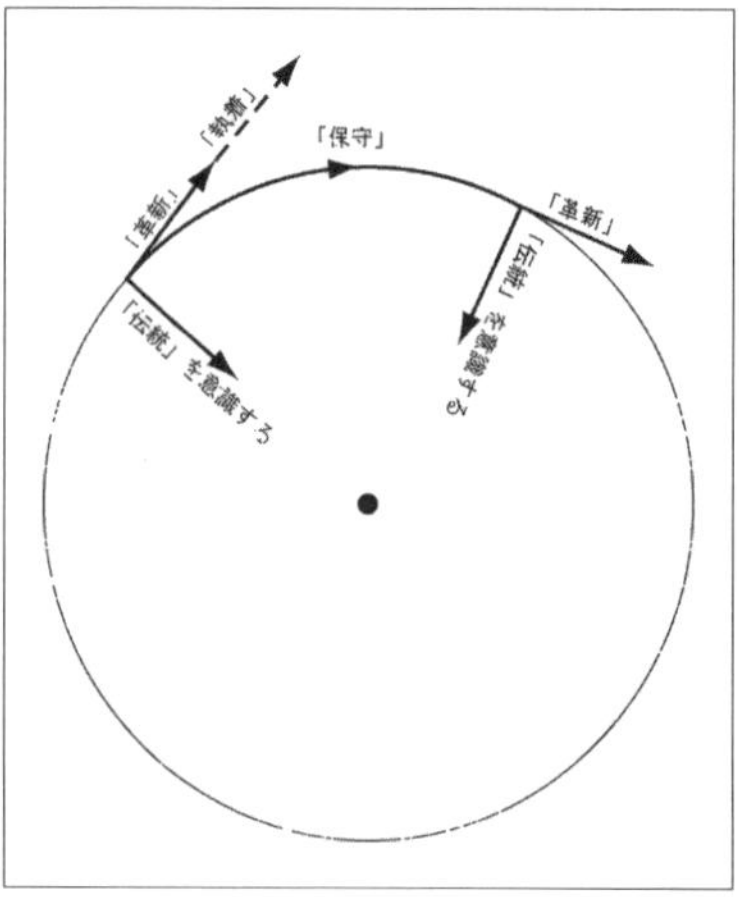

図　「保守」と「革新」

い。しかし、この言葉は「革《あらた》むるに憚《はばか》ることなかれ」の意味合いが強いと思う。

私は、「豹変」は「革新」にも通じると思っている。すなわち、ここで言う「豹変」とは、「伝統を意識しながら現実を見て、自らの行動を決めること」だと思う。

近年は、持続可能性を表す言葉としてサステイナビリティという語がよく使われるようになった。「伝統」を意識することは、社会のサステイナビリティを保つことだと思う。

争いの繰り返しに種族の存続の危機を感じたアメリカ先住民のイロコイ族は、平行な7本の水平線を自分たちを戒めるためのシンボルとした。それは、自分たちの行いが7代先までの種族の繁栄をもたらすか否かを考えることを表している。

現代は「グローバル化」が進み、ローカルな社会のアイデンティティは見失われがちである。そうであるからこそ、自身の社会の歴史や文化について見直す必要があり、そうすることによって「伝統」をはっきりと捉えることができると思う。

「革新」・「改革」の名のもとに、ある時点で間違いがないと思う方向に進み続けることは執着することであり、「原理主義」に通ずると思う。そして、現代の社会は一つの方向に進んでいると感じる。

すなわち、現代における「革新」は一つの方向に執着することになり、悪い意味での「保守」であると思う。そして、その結果として間違った方向に社会が進むことになる。

また、その原因は現実を見ずに観念的に物事を捉えることにあると思う。このことに関しては、藤井聡の『プラグマティズムの作法』が参考になる。「プラグマティズム」はアメリカの哲学として有名であるが、私は「原理主義」の対極にあるものとして「プラグマティズム」を捉えている。

「民主主義」を「多数決」と同意に考えたり、近視眼的になりがちな「世論」を必要以上に意識することは、「社会」を間違った方向に進めることになる。「社会」の進む方向を定めるリーダーは、観念的ではなく現実的に物事を捉えなければいけないと思う。

「教育」とは何か

学生を終えてから、私はずっと「教育」に携わってきた。その年数を数えると、三十有余年になる。小さいときは、「教師には絶対にならない」と思っていた。けれども、亡くなった母が「教師になれ」と言っていたのを想い出した。

母親の父、すなわち私の祖父は僧侶で小学校の校長を務めていた。そんな祖父から、母親は「人が嫌がってやらないことを、自らすすんでやりなさい」や「負けるが勝ち」などと教えられて育ったらしい。

そして、母親が祖父を尊敬していたことは、母親の言動からはっきりと判った。そんな母親は、私の小さいときからの性向を見て、「教師」を薦めたのかも知れない。ただ、それには「親バカ」もかなり大きく影響していると思う。

自分自身も、大学院を出るとき「今まで25年間、春休みや夏休みのある生活をしてきて、これから先そういう休みの無い生活に耐えられるだろうか」と考えた。そんなことがあって、教員の採用試験を受けてしまった。

そういう訳で、「教師」を「天職」だと思って選んだのではなく、動機はいささか不純に思える。ただ、その道に入ってからは、無我夢中であった。「教師」という立場になって、何をどのように教えればよいのか、ずっと考えてきた。

最初に勤めたのが工業高校であった。そこでは、いろいろな科目を担当した。自分の専門外である「構造設計」や「建築計画」も教えた。その準備のために、慢性的な睡眠不足に陥った。しかし、いろいろな科目を勉強し直したことは良かったと、今は思っている。

私が「教師」を始めた頃は、暴れる生徒もいて工業高校は荒れていた。そのせいかどうかは分からないが、女性の「教師」は一人もいなかった。生徒にも「やんちゃ」が多く、その指導には手こずった。そして、ある生徒の「先生、世間話をしてくれ。そうか、先生は世間を知らんもんな」の言葉は効いた。

ただ、その生徒とは先日、ほぼ30年ぶりにあった。その時の言葉は、「先生、1級建築士の資格を取ったで」であった。そして、その仲間であった「やんちゃ連中」も、1級建築士になったことを教えてくれた。

そんな経験は、「教育は長い期間で考えなければいけない」ことを、確認させてくれた。そして、「教育」の醍醐味を味わった気がした。また、「自分は生きた人間を相手にしてきた」ことも、再確認できた。

こんな私であるが、自分の人生を振り返って、ふと「教育」とは何だろうと考えた。いろいろなことが頭に浮かんだが、「言うことと、行うことを一致させる」ことの大事さを最後に思った。そして、それが「教育」の本質ではないかと、今も思っている。

確かに、「学校教育」においては、「知識」を身に付けさせることは大きな目的であり、その教授も大切である。「学校」で学んだことで、そうでない人は持てない「知識」を得ることは、「学校」に通った人の自信に繋がる。

最近は「e-learning」など、コンピュータを用いて「知識」を効率よく伝えようとする動きがある。けれども、「学校」は人が人を教える場であり、「教師」は「知識」を教えるだけではなく、自分の「生き様」を生徒あるいは学生に見せることになる。

その時、「教師」が「できもしないことを言う」ことの罪は大きい。「言うことと、行うことが異なる」のは、「教師」として最も恥ずべきことだと思う。自分が見たこともない事柄や考えた訳でもない理論を「本」や「学校」で学び、それらを鵜呑みにして伝えることが「教師」の務めだと思う人が多い。

「先生」という言葉は、「先に生まれた人」が自分の経験を通して真実だと思うことを、次の世代に伝える時に与えられる尊称だと考える。「分かりもしないこと」や「できもしないこと」を人に教えるのは、戦時中に若い人たちを「神風特攻隊」に仕立てた指揮官と何ら変わらない。

自分は地位の高い者に媚びへつらって不正義を行い、無垢な若い人たちには正義を守らせる。そのようなことは、「教師」と呼ばれる人は決して行ってはならない。ましてや、「先生」と呼ばれながら、そのような行為を平気で行う人は「教師」という職に就いてはいけない人である。

高い地位に就いている人が無能な場合は悲惨である。その人たちは、自分たちの地位を守ろうとして、能力のある人間を抹殺しようとする。それは、非常に陰険な形で行われる。そんな人たちは、「教育者」としてはもちろん、「人間」としての品性に欠けると思う。入学式や卒業式など、学長や理事長と呼ばれる人の訓辞を聴くことが多い。そして、日頃からその人たちの行為を見ている者には、その話に違和感を覚える。学生に対する一般の教員の話にも、同じような違和感を感じることが多い。

最近は、社会で「実務」と呼ばれる仕事をしていた人が、「教育」の現場にいきなり入ってくる。そして、それらの人も「自分は実務の世界で生きてきた人間であり、教育なんかは簡単なことだ」と思っているように見える。

ただ、それらの人の行動を見ていると、「多少の不正義はあって当然だ」と考えているようである。そして、この人たちは醜い社会の中で、「人に勝つこと」を至上命題にしてきたのだなと思う。しかし、「教育」の仕事も立派な「実務」である。違った仕事をしてきた人が、急にできる仕事ではない。


「人に言ったからには、自分もやる」ことが大切だと思う。「教師」という職業には、真の「大人」が就くべきである。報復が怖くて、上の者の言うことを聞くような人は、「教師」としての適性を欠いていると思う。「教師」にとっては、間違った「社会の流れ」から、身をもって若い人たちを守ることが大きな使命である。

「教育」は、「学校」だけで行われるものではない。「先に生まれた人」が、次の世代を育てるために行うものであり、それは人がいる場であれば、どこでも行われるものである。自分たちが正しいと思う行為を実践し、その姿を次の世代に見せることこそ「教育」だと思う。

また、「教育」は自身の経験を通じて得たことを、それまでに経験したことがない人に伝えることになる。そのためには、「教育」を行う人が信頼されていることが前提となる。「あの人は自分たちのことを大事に考えてくれている」と思ってもらえる日頃の行いが大事である。

それは、小さい自分を守り育ててくれた親に抱く子供の心情と同じものを感じさせることだと思う。教える者が教えられる者の健やかな成長と良い人生を願うことが教育の基本である。

「教育」と「学習」

世の中を良くするためには、「教育」が大事だと言われる。「教育再生会議」なるものが、安倍首相の肝いりで開かれた。確かに、美しい社会をつくるためには、それをつくる人々の意識が大事である。そして、「美しさ」についてのコンセンサスを持たなければならない。

安倍首相の言う「教育」とは、そのコンセンサスを学校で教えることを指しているように思う。学校で正しい「教育」を行えば、良い「子供」すなわち、社会をつくる次の世代の人々が正しく育つと考えているのだろう。

「子供」がダメになったのは、「学校」における「教育」が間違っていたとして、「ゆとり教育」が行われた。そして、今度は「ゆとり教育」に問題があったとして、「学校」での「学習」の時間数を増やそうとしている。

このことなども、国の指導者たちが如何に「学校」における「教育」を重要視しているかの現れであると思う。そして、自分たちの「迷走」についての反省は微塵もない。きっと、こんな場当たり的な対処をしても、結果は芳しくないだろう。

「子供」は自身の周りを眺め、その「環境」に適応しようとする。そのために、いろいろなことを学び、身に付ける。それは、言葉を始めとする、「生活様式」などの習得である。大阪で育った「子供」は、例外なく「大阪弁」を話す。アメリカに育った「子供」は「アメリカ語」を話す。生活のスタイルにも、地方性を明確に感じる。

教えなくても、「子供」は自身の置かれた「環境」を正確にとらえ、順応する。親鳥のあとを追って歩く、カルガモのひな鳥は本当にかわいい。しかし同時に、「自身を庇護してくれるもの」に従うことが、「生まれたばかりで生きる力の弱いもの」ができる、唯一の生き残り戦略であるとの確信を抱く。そして、そのことは人間も同じだと思う。

銃を持って歩く中東の「子供」は、「親たち」から敵は誰か、そして「敵は殺してもよい」と教えられたのだろう。けれども、敵とされた者も同じ人間であり、家族がいる。「敵から見れば、自分たちはどのように映るのか」を考えなければいけない。そんなことを考えない「親たち」に育てられた「子供」は何を学ぶのだろう。

長引く人の争いを遠くから眺めると、「怨念の連鎖」にしか見えない。「親たち」は「銃の扱い方」を教えるのではなく、「怨念の絶ち方」を教えなければならない。そして、「政治家」すなわち「社会の指導者たち」は、「平和の実現」に専念するのが役目である。「子供」は、「親たち」言い換えれば、その「社会」に棲んでいる「大人」の行いを見て、それを一生懸命に真似ている。「習っている」のではなく、「倣っている」のである。物心のついていない「子供」のうちは、「大人」の言うことを素直に信じる。しかし、成長した「子供」は「大人」の言動と行動の齟齬に気がつく。はたして、自身の齟齬を無くそうとしない「大人」に「教育」は行えるのだろうか。

「教育」とは、何かを先に経験した者が、未経験の者に自身の経験を真摯に伝えることだと思う。その内容を、未経験者が自身のものとして獲得することが「学習」だと考える。このとき「教育」する者は「学習」する者から「先生」の尊称を与えられる。

その際、伝えられる内容が未経験者の「腑に落ちる」ことが大事である。そのためには、「教育」する者の誠意と工夫が必要となる。また、「学習」する者は真剣に、自分の経験を伝えようとする者の話を聴かなければならない。そして、自身がそれまでに獲得しているものとの関係を想像する必要がある。

自分は「大人」だと思っている人も、周りを見て倣っている。「会社」という、社会の中にある小さな社会に入った人は、どのようにすればそこで生き残れるのかを考える。そのとき、その小さな社会でうまく立ち回っている人間を見て、そのやり方を真似る。長いものを見つけて、自らそれに巻かれる人が多い。

「元服」という儀式がある。それは「自身を庇護してくれる者」の言い付けを、素直に守っていればよい「子供」であった人間が、自身の考えに従って生きるとともに、「子供」に進むべき方向を指し示す「大人」になったことを、宣言するための儀式である。

「大人」であるためには、勇気とたゆまぬ努力が必要である。自身の属する狭い範囲だけでなく、より広い範囲に目を遣って自身の意見を持ち、正しいと思う行動をとる。そして、それを次の世代に見せることによって伝えなければならない。

「言うこと」と「やること」がまるで違う人は沢山いる。「教育」に携わっている人にも、そんな人は多い。「自分ができもしないこと」を、堂々と「子供」に言うことが「教育」だと考えている人が溢れている。「教育」を行うのが「大人」であれば、「学習」するのが「子供」である。

「頭のよさ」とは何か

世間で言われる「よい大学」を出た人は、「頭がよい」と言われる。「東大」を卒業した人、あるいは入学した人は「頭がよい」と、人々は認める。「京大」についても、同じように言われる。

少し落ちるが、「慶大」や「早大」についても、評価は高い。そして、全国区である「東大」・「京大」は別格にして、各地方ではその地域の名前が付いた国立大学が高く評価される。

それらの大学を出た人は、本当に「頭がよい」のだろうか。「頭がよい」とは、どのようなことだろう。確かに、一般に言われる「よい大学」に入学した人は「受験戦争」を勝ち抜いたことは認める。ただ、そこでの評価の対象となる「入学試験」の成績は、人のどのような特性あるいは性能の指標となるのだろう。

自分の経験だが、大学に入学して日本各地から来た同級生を知った。その時、地理的に遠く離れ、異なる風土で育った人間が同じ問題に同じ答えを出すことに驚いた。そんな経験から「受験勉強」とは、決まった問題に決まった答えを出すための訓練であったと悟った。

竹内薫の手になる、『99・9％は仮説』という本がベストセラーになった。その中で、正しいとされている学説も仮説であって、今は間違いが指摘されていないだけであると述べられている。「入学試験」に出される問題も、そのような学説に基づいている。

自然の現象を観察して、そのメカニズムについて矛盾の無い仮説を立てるためには、不断の学習と強い意志が要る。そして、それは「頭がよく」ないとできない。けれども、「入学試験」は、そのような能力を問わない。

世の中には、実業の世界で成功を収める人たちがいる。時代や人の気持ちを読み、新たなビジネスを興したり、古いビジネスを見直した人たちである。そして、そのような人たちも「頭がよい」と、世間で評価される。

ここで言いたいのは、「入学試験」の成績だけで、人間の「頭のよさ」は測れないということである。ただ、誤解の無いようにしたいのだが、「入学試験」の成績がよい人は「頭がよくない」と言っているのではない。きっと、「頭がよい」人は「入学試験」でも、よい成績を上げると思う。

最近は、「頭のよさ」は学業成績だけで評価できないと、言われるようになった。ダニエル・ゴールマンは「ＩＱ」に対して、「心の知能指数」として「ＥＱ」を提案している。さらに、彼は「社会における人間の適応能力」を評価する「ＳＱ」という概念も提唱している。

「頭がよい」ためには、「学校の成績」の良さだけでなく、「人の気持ち」が分かることが大事だと思う。「場の空気が読める」ことも、大事である。これらの能力は、人と接する場でいろいろな経験を積むことで、初めて得られる。

就学前には近所の子供たちとの遊びを通して、学校に属してからは集団の中での出来事を通して、人はそれらの能力を身に付ける。今の子供は、年齢の異なる子供で構成される集団での経験を、ほとんど持たない。そのかわり、塾で同じ年齢の子供たちと「テストの点」だけで競争させられる。これも、過熱した「受験戦争」が生み出す現象だと思う。

幼稚園にも通っていなかった自分の子供の頃を振り返ると、昼が過ぎて近所のガキ連中が揃うと、年長のお兄ちゃんをリーダーにして、「少年探偵団」ができた。集団をつくって進む「少年探偵団」は、道を歩いている子供を見つけると、その子の家まで送り届けて、「今日はよいことをした」と自己満足に浸った。

そんな経験を通して、お兄ちゃんは頼れる存在であることを学んだ。そして、「自分も年齢が上れば、小さい子供を守ってやらなければならない」という気持ちが芽生えた。リーダーを務めた年長者も、学校の成績には関係なく、小さい子供らの信頼に応えねばならないと思ったのだろう。


仲間をつくって遊ぶことのできない幼児期の育ち方の重要性を指摘する人たちがいる。その人たちは、「3歳までの赤ちゃんには、実の母親が愛情を持って接することが大事だ」と言う。きっと、赤ちゃんは自分の行動に対して、母親が何らかの反応をする中で、成長するための大きなものを得ているのだろう。

家計を支えるためとして外で働き、赤ちゃんの傍にいることができない母親は多い。そのような環境で育った赤ちゃんは、身体的な成長はできても、精神的な発達に問題をもつことがあるかも知れない。

「受験戦争」の過熱の中で、わが子を「入学試験」に合格させることを、最大の目的とする親が現れる。それらの人の中には、子供には煩わしい人間関係を避けさせ、「受験勉強」に専念できるよう、大学の受験資格を得るために「単位制高校」を利用し、受験勉強には「予備校」を利用する者もいる。

このような事態は、「よい大学」を出れば「頭がよい」とされ、社会的にも高い地位に就くことができ、高収入も見込めるという事実が惹き起こしている。本当の「頭のよさ」を評価するという過程を経なくても、「頭のよい」人はつくり上げられる。

現代は、人間の暮らしを守りながら、自然環境の保護を行わなければならない。そして、「イジメ」や「虐待」など無くし、人間環境の健全化を図ることも切実な課題として、人々に突き付けられている。

今の社会では、学歴偏重の雰囲気の中でつくられた「頭のよい」人間が跋扈している。そして、それらの人間に扇動されてつくられた社会の問題が顕在化してきた。

今こそ、社会のリーダーとなり、人々の幸せを実現してくれる「頭のよい」人を見つけなくてはならない。そのためには、「出身大学」だけで人を評価してはならない。身近で接する人々が、人の「頭のよさ」を判断できる。そのような判断によって支持された、リーダーの出現を望む。

「学力」とは何か

「学力王決定戦」なる番組がテレビで人気を博している。その内容を見ると、「歴史」や「地理」など、様々な分野での「知識」が問われ、それに正解する解答者に人々は驚嘆する。

確かに、それらの難問に間違いなく答える人には感心する。しかし、人々は解答者の「知識」の豊富さに驚かされているのであり、「学力」の有無については分かっていないと思う。

「学力」は「知識」の多さではない。「学力」とは、自身の「経験」やいろいろなものを通して得た「知識」を通して、それらに共通する法則を学び取る力だと思う。であるからこそ、「学力」の高い人は新たな困難にも間違いのない対処法を示すことができる。

もちろん、「学力」を高めるためには「知識」を多くすることは有効であり、「知識」の量の多い人には「学力」の高い人が大勢いると思う。「学力」を高めようとして、多くの

「知識」を得ようとする人もいる。

書籍を読むことや、人の話を聞くことを通して「知識」とともに、それまでは知らなかった「考え方」を知ることもできる。とくに書籍は直接に話を聞くことができない、ずっと以前の人の「考え方」に触れることができる。

最近では、TVを始めとする様々な媒体によって文字だけではなく、音声や画像による情報を得ることもできる。そして、時代を超越するだけではなく、世界規模あるいは宇宙規模の範囲での情報を得ることができる。

真理を得ようとする人は、少しでも多くの事実を知ろうとする。また、いろいろな人の話を素直に聞く。そのような人は「無私で向上心を持っている」と他の人からは見られる。決して、「偉そうだ」などとは思われない。


「入学試験」や「入社試験」では、「知識」の豊かさが調べられることが多い。「知識」や「経験」を活かして、そこにある法則を明らかにすることによって、自身や社会の進むべき方向を示す能力は、あまり問われないように感じる。

先の大戦のときも、出身大学で首相や参謀が決まり、悲惨な結果を招いた。そのことも、世間の評価の高い学校でよい成績を取っても、社会の進むべき道を間違いなく示す能力があるとは限らないことを示している。

近頃の政治家を見ても、学歴だけを評価された人や、具体的な方針を示さずに口先だけできれいごとを言う口舌の徒が選ばれている。そして、立場や権力だけを利用しようとする人間が多いように感じる。

学校で「教育」を行っている者も、教え子の「知識」を増やすだけではなく、「学力」を高めなければならない。そのためには、自身が行ってきた「教育法」を見直す必要がある。「学力とは何か」について、真摯に考えなければならない。

技・術・学

「技術」という言葉がある。日本は「技術大国」であると言われている。「手に職を付ける」とは、何らかの「技術」を修得し、それを活かして社会の中で生きていくことを言っていると思う。

私は、この「技術」という言葉を「技（ぎ）」と「術（じゅつ）」に分けて捉えたいと思っている。すなわち、「技」は「わざ」とも読むように、それを会得した人自身が経験を通して身に付けるものだと思う。

また、「術」は「技」を身に付けた人が得たり、「技」をよく観察して得られるものである。そして、それは何かを行うときに万人に役に立つ「コツ」のようなものだと思う。「忍術」は忍者が身に付けなければならない「術」である。ただ、「忍術」には「技」の要素が多くあるように思える。

このように考えたとき、「建築学」のように「○○学」として使われる「学」は、どのように捉えればよいのだろう。

私は「学」は「術」を抽象して得られると思っている。すなわち、「学」は「術」を分析して、そのエッセンスを明らかにしたものだと思っている。そして、ある分野の「学」は他の分野でも応用したり、利用したりできると思っている。また、それができなければ、「学」ではないとも思っている。

ただ、現実に大学で教えられている「〇〇学」は、学術用語の意味や一般に言われる「技術」の紹介が大きなウエイトを占めている。それも基礎として必要なことではあるが、「学」を教えて修得させることも必要だと思う。

それゆえに、「学」に携わる人は高い視点から「技」や「術」を視なければならない。「専門」と呼ばれる範囲だけに目を遣っていても、「学」を知ることはできない。

高い所からものを見るということは、一つのことを考え抜くことかも知れない。考えを深化させることが内容の本質を抽象し、他の分野においても活きることを摑むのに繋がるのかも知れない。

それに対して、「技」に携わる人は狭い範囲に集中せざるを得ない。誤解されては困るのだが、決して「学」に携わる人が優れていて、「技」に携わる人が劣っていると言っているのではない。

「技」と「学」は、人で構成される「社会」という有機体の中で、そこに属する人が受け持つ役割の違いであり、職業に貴賤はない。各人が自身のいる場で、精一杯の努力を続けることが重要である。

「AI」という名の「執着」

現代人にとってコンピュータは身近なものになり、至る所にコンピュータがある。ほとんどの人が持っている「スマホ」も小さなコンピュータである。その前には、時計が人々の周りに溢れた。

これだけコンピュータが普及すると、その利用法もいろいろと出てくる。「アプリ」という言葉が人口に膾炙して、「ソフトウエア」という言葉が懐かしく感じられる。「緊急地震速報」なども、国民のほとんどが「スマホ」や携帯電話を持っていることが前提となっている。

そのような流れの中で、人と人とのコミュニケーションの形も変わってきた。対面から通話へ、そして手紙からメールへと大きな変化が起きた。速さや手軽さが評価され、顔を見て人柄を感じることのない、人と人の繋がりが当たり前になってきた。

コンピュータの大容量記憶装置の普及は、「ビッグデータ」の蓄積を可能にした。そして、ソフトウエア技術の進歩がその活用を可能にした。これらの進展の中で、現在は「ＡＩ」が注目されている。将棋の世界でも、「ＡＩ」は「名人」を破った。人間が行ってきた世界に、「ＡＩ」はどんどん進出している。

ミスや不平の多い人間よりも、電気エネルギーを与えておけば、黙々と間違いなく、人間には不可能なスピードで仕事をこなしてくれる「ＡＩ」の方が、経営者にとっては都合がよいのであろう。

しかし、この「ＡＩ」の普及には「速ければ速い程よい」・「便利であれば便利である程よい」といった人間の価値観の固定化すなわち「執着」が見える。「力は強い方がよい」という考えは、外部エネルギーを大量に消費する「重機」を生み出した。「世の中は思い通りにならない」と多くの人が口にする。このときの「思い通り」とは、何だろうか。それは「自身の幸福」のことを言っているように思う。そして、それは「執着」に繋がるように感じる。

「速ければよい」のであれば、自動車よりも速く走れない人間は要らない。重機のような「エレベーター」がなければ、「タワーマンション」には住めない。人間には見えないということで、他の生物の感受性は考えずに「赤外線」や「電波」を使う通信が行われる。

「ＡＩ」は人間が持つ「脳」の記憶力を高め、働きを高速化したものであり、人間に「脳」の必要性を無くさせる。これまで考え出された「重機」や「運搬機」は人間の「運動器」の必要性を無くした。

「ＡＩ」はArtificial Intelligenceすなわち人工知能を略した語である。まさに「ＡＩ」は人工物であって、それには人間の価値観が大きく影響している。それは人間の「執着」を増大させたものであってはならない。

また、最近は「ＡＩ」を搭載した兵器が開発され、増加の一途をたどっている。これらも、「自分たちの命は失わず、殺す敵の数は多ければ多いほどよい」という価値観が造り出した物だと思う。

「ＡＩ」を人を殺すために利用するのではなく、戦争を無くすことを目的として、過去の事例を参考にして的確な判断を下すために活用するべきだと思う。科学や技術の全般にわたって言えることであるが、それらは使い方次第で善にも悪にもなる。

「ＡＩ」は「人間の脳」を人工的に作ったものであるというが、完全に再現しているとは思えない。人間が生きていく中では、「忘れたいこと」もできる。「人間の脳」には「忘れる力」もある。

そして、人間は他の人間と共感することもできる。この共感力とも言える人間の能力は、思いやりやチームワークの基礎となる。また、人間はいろいろな考えや能力を持つ人間との関わりを通じてその能力を鍛えていくと思う。

今こそ、自然の中の一つの生物としての人間を考え直す時である。正確さや速さを増し、人間の思考の必要性を無くすことによって、人間の「社会」を良くしようと「ＡＩ」は考えられたと思う。

しかし、今や人間は「ＡＩ」に「社会」から追い出されつつあるように見える。「執着」が人々に不幸をもたらすことは、ずっと以前に「釈迦」が説いている。

［設計編］

あらすじ

地球という丸い天体の上に、いろいろな国が載っている。そして、それらは同等であり、それらの共存を図るのが真のグローバリズムだと思う。一国あるいは少数の国が他の国を支配してはならない。ましてや、少数の人間が他の人々を支配してはならない。

しかし、現在のグローバリズムは一国あるいは極少数の人間の利益のみを図る新たな植民地主義のように感じる。地球全体に比べれば狭いヨーロッパにおけるEUも、それに属する国が自国の国益を優先させれば、その趣旨は生かされない。

身近な範囲での共存があってこそ、大きなレベルの共存が実現する。先人たちは、試行錯誤を繰り返しながら、そのための工夫をしてきた。これからの社会をつくるためにも、その工夫を学ぶことは大事だと思う。

現在は、異常気象が人間だけでなく、多くの生物を襲う。現代人の外部エネルギーの使い過ぎが異常気象をもたらす。その解決のためにも、外部エネルギーを使おうにも使えなかった先人たちの工夫が参考になると思う。

人々は、地球に棲む人間、いや全ての生物が共存できるとともに持続可能な方法をデザイン、すなわち設計しなければならない。

ＮＰＯとしての「行政」

近年は、盛んにＮＰＯが設立される。ＮＰＯは「Non-Profit Organization」の略で、「利益を上げることを目的としない市民団体」を指す。

「子育て」や「消費者の保護」など、身近な問題を解決しようとするものがある。また、大きなテーマである「人権の擁護」や「世界平和」を実現させようとするものなどがあり、その設立の目的は多岐に亘っている。

そして、それらが目的とすることは「必要不可欠な事」として、現代の人間に喜んで受け容れられる。確かに、様々なＮＰＯが目指すことは現代の「社会」になくてはならないと思う。

洋服を誂えるときに、「仮縫い」を行う。裁断した生地を仮に縫って、着ることができる様にして注文主に着てもらい、不都合の有無を調べる。問題があれば、それを解決したあとに仕上げの縫いを行う。

必要とされるＮＰＯの活動は、「社会」を動かすべき「行政」が行えていない事柄を補っていると考えられる。その様に考えると、「社会」の運営のためにも「仮縫い」が必要であり、「行政」の働きの不備を明確にすることに繋がる。

人間は「社会」を作る。最も身近な「社会」は「家族」だと思う。「社会」を運用していくためには、そのためのルールが必要となる。「門限」などは、「家族」という「社会」のルールの一つだと思う。「国家」という「社会」では、「憲法」・「法律」・「条令」・「道徳」などがルールとなる。

ルールに従って、そこに属している人が「社会」を運用していくための助けをするのが「行政」の役目だと思う。「行政」に携わる者は「お上」ではない。「市民」が納めた「税金」は、決して「貢ぎ物」ではない。

「税金」は「社会」の円滑な運営のために、「市民」が「行政」に必要経費として払っている。その使い道は、額とともに合理的でなくてはならない。そして、「行政」が交付する「補助金」も原資は「税金」である。

「補助金」は、「行政」が本来行うべきことを、他の団体や個人が代わって行っているときに交付するものである。それは、「社会」を正しく動かすために、「行政」が公正に判断して交付するものである。

そして、それはあくまでも「市民」にその運用を委託されたものである。そのような性質を持つ「補助金」が一部の人たちの利益のために費やされることがあってはならない。

また、「補助金」を「行政」以外の団体や組織に分配する権限を持つことによって、「行政」が「お上」としての意識を強めることがあってはいけない。しかし、「補助金」に群がる「団体」や「組織」があるのも現実である。

「アンブレラＮＰＯ」と呼ばれるＮＰＯがある。いくつかのＮＰＯを統括し、それらに対して適切に「補助金」を分配をする働きをする。私は、これこそ「行政」の仕事であると思う。

現在の「地方公共団体」という「行政」の組織においては、「部」や「課」が目的を限った小さなＮＰＯの働きをする。また、「政府」は「地方公共団体」を束ねている「行政組織」である。

「行政」は、あくまでも営利を目的とするものではない。一般の市民は、日々の生活に追われて自身の周りしか見えない。そのような「市民」に代わり、高所から「社会」の動きを見て、それをスムーズに動かす役目が「行政」に与えられている。

そのため、「行政」に携わる人は「市民」との接点を積極的に持ち、日頃から「市民」

が「社会」に無理なく棲めるために必要な事を感じ取らなければならない。そして、その実践がすでに行われている。

近年、「市民協働」と呼ばれる概念が注目されている。それが目指すところは、これまで繋がりが希薄であった「市民」と「行政」が協力し合って、様々な事業を進めていくことだと思う。

そこでは、「市民」の要望を正しく汲み取ることが必要となる。その働きをするものとして、「井戸端会議」のように「市民」が自由に意見を言える「場」が「ラウンドテーブル」や「プラットフォーム」の名で開かれる。「ワークショップ」も「市民参加型」の会議として認知されている。

そこで出される「市民」の要望には、「住民エゴ」と言ってよいものもあるかも知れない。けれども、束縛のない雰囲気での自由な意見の中には、「市民」がそのときに本当に必要とするものも見つけられると思う。

また、そのような話し合いの中で「市民」自らの連携によって解決できる問題も明らかになると思う。何でもかんでも「行政」に頼ってはいけないと思う。

それは、「行政」に対する依存体質を強めるとともに、「行政」の仕事を増やすことになり、その対価としての「税金」の額も膨れてしまう。

『難問解決！　ご近所の底力』というNHKのテレビ番組がある。日頃から困っている問題に対して、他の地域の人が実践を踏まえたアドバイスをするという内容である。それを見ていると、「行政」に頼らなくても、「市民」だけでも解決できる問題の多いことを知ることができる。

繰り返すが、「行政」の役目は「市民」が生活を含めた「社会活動」を円滑に行えるようにすることである。そして、その役目は「市民」から委託されている。それゆえに、そこで働く人は「市民」の事を第一に考えなければならない。

また「行政」は、あくまでも非営利の組織であり、納められた「税金」は「市民」の幸せの実現のために使われるものである。納められた「税金」を自身のものと思い、その使途を「行政」で働く人間が恣意的に決めてはならない。

このように考えると、「行政」はNPOと同じ性格を持つものである。そこで働く人々には、「社会」を良くするための「非営利団体」における仕事をしているという意識を強く持ってもらいたい。また同時に、自身も「社会」に棲む人間であることを自覚してもらいたい。

プロフェッショナルとしての「政治家」

人間のつくる「社会」には、様々な分野にプロフェッショナルと呼ばれる人々がいる。また、そのような人々がいないと、「社会」の円滑で健全な運営は困難になる。それらの人々は「職人」と呼ばれることもある。「社会」における生活で使われる物を作る人々もいる。物を作らなくても、「さすが、その道で飯を食っている人だなあ」と思わせる人々がいる。

自身の行いが同じ「社会」に棲む他の人から、対価を払ってもよいと思わせることができる人々である。すなわち、それを「職業」とすることを許された人々である。しかし、「職業」とする程の適性や技量はないのに、自身をプロフェッショナルであるかのように勘違いしている人がいる。

様々なスポーツの試合についても、自身がそのスポーツのことを全て分かっているかのように解説をしている素人をよく見る。しかし、プロフェッショナルの解説者の言葉を聴いていると、それらの人とは違う目の付け所に感心することがある。

ルールに精通するとともに、興味を持ってスポーツの試合を見たり、選手の生い立ちや人柄などに詳しくなることで、いつしか「自分はそれに関しては何でも知っている」と勘違いをしてしまうのだろう。同じことは、スポーツに限らずいろいろな分野で見られる。「評論家」と呼ばれる人たちがいる。「社会」で何か問題が起きたとき、こんな分野にも「評論家」がいるのかと驚くことがある。それらの人の中には、豊かな実践経験に基づいた切れ味の鋭い冷静なコメントをする人がいる。一方で、その分野に詳しいだけだなと感じさせる人もいる。

「政治」も物を作るわけではないが、その運営は「社会」に棲む人々に大きな影響を与える。そして、その影響は他の分野に比べると非常に大きく思える。その運営の誤りは戦争を惹き起こし、多くの人々の生命を奪う。また、景気の悪化を招いて、自殺者を増加させることもある。

それゆえに、「政治」に携わる人々は将来の「社会」の姿を間違いなく想像し、目の前の事柄について決断を下さなければならない。それには、豊かな経験と知識、そして勇気が要る。もちろん、自身の「職業」を通して良い「社会」をつくるという、強い意志を持っていることが前提となる。

　まさに、プロフェッショナルが行うべきことだと思う。けれども、テレビなどで「政治家」と呼ばれる人々の言葉を聞いても、その時の「社会」が醸し出す「世論」に迎合するポピュリズムは感じても、適性や良い「社会」をつくろうとする気概を感じないことが多い。

「政治」を「職業」とする程の適性と技量を持った人々が「政治家」になっているのだろうか。ただ、「政治家」と呼ばれる人たちを多く知っているだけの人や、「国民」の幸せに考慮しないで「永田町の論理」にだけ従って行動していると感じさせる人が多い。

「社会」が長く運営されると、本来は同じであるべき「職業」の評価にも高低ができてしまう。そして評価の高さは、その「職業」に就いた人に名誉や高い報酬と権限を与える。

　その様な現実は、自身の適性や技量も顧みずに、その「職業」に就こうとする人々を生み出す。「政治家」もそういう「職業」の一つだと思う。古くは「松下政経塾」など、設立者の威光を利用して政治家になろうとした人が多くいた。最近では、「維新政治塾」に参加しようとする人が目立った。

　確かに、それらの人々に「政治」によって「社会」を良くしようという想いはあったと思う。また、あるとも思う。ただ、想いと実際の結果が同じになるとは限らない。自身に適性や技量が無いと分かれば、地位に固執するのではなく、その場を去る覚悟が必要である。

「政治」を「職業」とするためには、適性と自身の技量を高めるための不断の努力が必要である。また、いろいろな人の意見を聞くことが大事である。それは、現在の人の意見だけでなく、書物などに残された過去の人々の意見も含む。そのことは、独断に陥ることを防ぐことにもなる。

ただ、それが行えるためには、他の人が意見してくれる日頃の自身の行いや勉強が不可欠である。また、社会を導くためには、「この人なら信用できる」とそこに棲む人々に思わせることが大事である。このように考えると、「政治」に携わる人には、人望も求められる。


首相を始めとする「政治家」の発言には、「国民のため」という言葉が多く出る。しかし、実際の彼らの行いは「国民」のことを考えるのではなく、「政治家」どうしの関係の調整を第一に考えているように見える。自身が行わなければならないことを忘れているかのようである。

「政治」は社会の進む方向を示す働きをする。また、社会を動かす権限も与えられている。そこでの決断は「社会」の将来を左右する。そのためには、自身の目先のことしか見えない人々の説得が必要なこともある。

「政治」に携わる人々は、自身のことを後にしても、社会に棲む人々の未来の幸福を実現しなければならない。それゆえに、「政治家」は社会に属する人々から尊敬を得られる「職業」でもある。

有機体としての「社会」

「社会有機体説」は、以前から「社会学」の分野で唱えられている。しかし、近年の〈社会〉で起きる様々な事象を見ていると、つくづく〈社会〉は一つの有機体であると思う。〈社会〉は、一つの生物のような気がする。

「東日本大震災」においても、被害の大きさに驚くとともに、まるで自分の体が傷ついたようで、被災した人々を助けなければいけないと感じた。現代の〈社会〉では他人のように思える東北の人々を助けようと思ったのは、ほとんど本能であった。

そのような経験は私に、ある確信を持たせた。それは、人のつくる〈社会〉は一つの生物であり、「人は人を助けるようにできている」のは本当だということである。ベトナムで無償の手術を数多くされて、同名の著書がある眼科医の服部匡志氏の主張は間違っていないと思う。

左頁の図は、ホッブスの名著『リヴァイアサン』の表紙であるが、この絵は「王国はそこに属する人々から成る人間である」ことを言っていると思う。現在に「王国」は殆どないが、国を一人の人間として捉えることは大事だと思う。

生物においては、各器官が互いに連携を取るとともに助け合い、活動のための秩序を保っている。人間という生物でも、右手と左手があるからボタンをかけることができ、拍手もできる。他の臓器や組織にも、無駄なものはない。

右手の方が左手よりも偉いということはない。様々な部位があって、人間は健全に活動できる。各部位が自身の役目を果たすことによって、人間という一つのまとまりが維持できるのである。そこには、どの部位が優れているなどということはない。

同じように、〈社会〉を構成する一人一人の人間にも、大事さに違いはない。各自が自身の属する〈社会〉の中で、自身の役割をしっかりと果たすことで〈社会〉はスムーズに動く。まさに、「人の上に人をつくらず、人の下に人をつくらず」である。

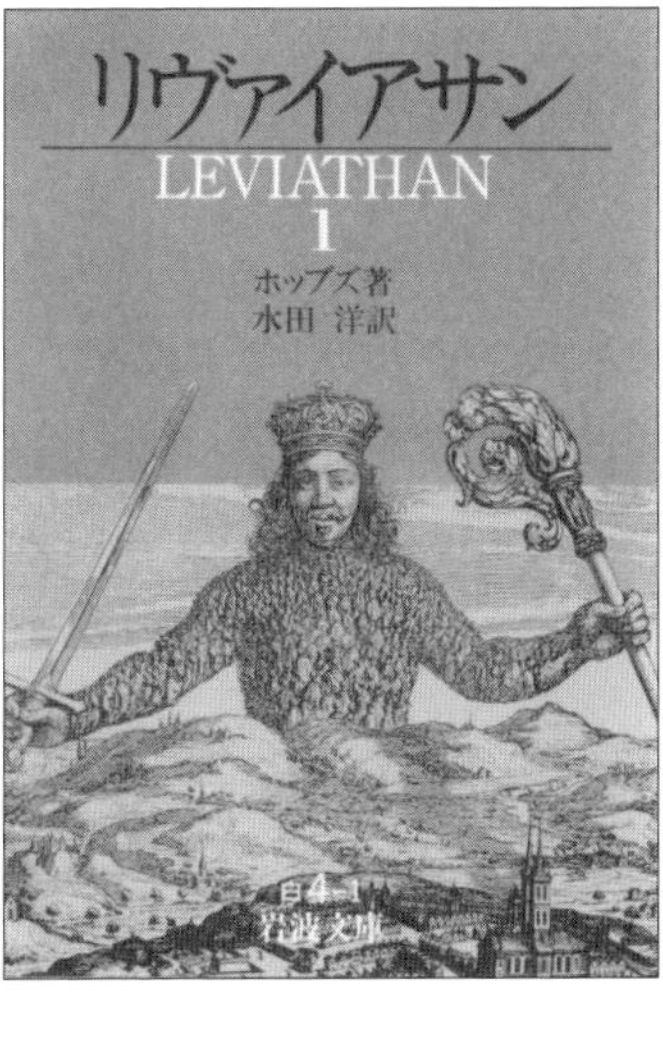

しかし、〈学歴〉の無い人は殆どと言ってよいほど、現代の〈社会〉の中では下積みの生活を送る。貴賤が無いはずの〈職業〉の評価にも違いがある。高い〈地位〉は高給と特権を保証する。

そのような〈社会〉のしくみは適性の無い〈地位〉に就こうとする人間を増やしてしまう。経営の能力が無い人間が会社や組織を運営する場合もある。欲は有るが、信念や責任感の無い人間が政治を行い、〈社会〉に悲劇をもたらすこともある。

たび重なる政治家の失言や、震災と原発事故への対処を見ていても、現代の政治家の多くが「口舌の徒」であり、政治を行う能力を持たないことは明らかである。そのような政治家を選んでしまったのは国民の責任である。

同じような例はいくらでもある。ヒトラーもドイツ国民の圧倒的な支持を得て選ばれた。しかし、その後は彼の暗殺計画がいくつも立てられた。先の大戦の経験が活かされていない。おかしいと思うことを、おかしいと主張しなかった国民の態度にも大きな問題がある。

政治を改善してくれると期待して、国民の多くは「民主党」に票を入れた。しかし、政権を得た「民主党」はマニフェストを平気で反故にした。政権の維持に汲々とするあまりの「三党合意」や「大連立構想」などは、新しい政治を期待した国民を裏切るものである。まるで、国民は「民主党」の誇大広告に騙されたようなものである。「民主党」の政治家たちも、それまでの政権に代わって自分たちは「政治の不正を糾し、良い社会をつくることができる」と思ったのだろう。だれの目から見ても明らかな、与党の政治の誤りを改めればよいだけだと考えたと思う。

ただ、自分たちが野党の時は与党の欠点だけを指摘していればよかった。けれども、いざ自分たちが政権を握った時、初めて自身の適性の無さに気が付いた。まるで、ゲームの中での経験だけで、飛行機を運転できると思ったのと同じである。

沖縄の米軍基地の移転問題についても、「抑止力」の意義が初めて分かったと語った鳩山元首相の未熟さには呆れた。選挙戦では「基地の県外移転は最低条件」であることを、彼は堂々と主張していた。

しかし、その公約は実現するどころか、基地の移転問題は迷走を続けた。そして、「アメリカのポチ」である安倍総理の率いる自民党は辺野古への移転を強引に進めた。このような状況を見ていると、いいかげんに「ママゴト」のような政治はやめてほしいと思う。

「適材適所」という言葉があるが、そうならずに「敵材敵所」になる場面が多く見られる。適性を考慮せずに人間の配置をすることは、〈社会〉に破滅をもたらす。人に対する誤った〈評価〉が〈社会〉の健全さを失わせる。

「公僕」であるはずの公務員を目指す人の中には、「社会の役に立つ」ことよりも「自身の生活の安定」を得ようとする人が多い。そのような傾向は、不景気な時代に顕著になる。「公務員試験の合格」を目的とする専門学校さえできている。

適性を考慮しない高い〈地位〉への人間の配置は、多くの人に不幸をもたらす。また、配置された人間も決して幸せを味わうことができない。そんな人間は、他の人からの心からの感謝や尊敬を得ることはできない。

人は、他の人から自身の存在を認めてもらうことを願っていると思う。自身の才能が認められ、賞賛を得られる人は幸せである。特別な才能に恵まれなくても、周りの人々から好意をもたれる人も幸せである。その反対に、〈富〉を人より多く持つことや、高い地位に就くことが人々に認められることだと考える人は幸せになれない。

生物の多様性は、様々な変化が起きても、〈自然〉に対してしなやかな対処をさせる。多様な特性を持つ人々が〈社会〉を柔軟に動かす。「〈地位〉によって〈評価〉が異なる」という誤りが人々に目指す方向の多様性を失わせる。

「金子みすゞ」の詩には、その視点の素晴らしさに感心する。その作品の一つに、「私と小鳥と鈴と」がある。私は、その詩が生物だけではなく、世の中に存在するものの全てに多様性が必要であることを説いていると感じる。
この頃は、小学生の教科書にもその詩は掲載されている。その全文を以下に引用する。

私と小鳥と鈴と

私が両手をひろげても、
お空はちっとも飛べないが、
飛べる小鳥は私のように、
地面《じべた》を速くは走れない。
私がからだをゆすっても、
きれいな音は出ないけど、
あの鳴る鈴は私のように、
たくさんな唄は知らないよ。
鈴と、小鳥と、それから私、
みんなちがって、みんないい。

この他にも、「お笑い」と一般に取られる「落語」においても、『地獄八景《ばっけい》亡者の戯』は地獄に落ちて閻魔大王の命令で人呑鬼《じんどんき》に飲み込まれた4人の亡者が、それぞれの特技を活かして助かるという話である。私は、ここにも多様性の大事さを感じる。

平和が長く続いて安定した現代の〈社会〉では、高い〈評価〉を得られる〈地位〉がはっきりと見える。そして、その〈地位〉に就くためには、〈適性〉ではなく〈学歴〉が必要となる。そのような傾向は〈学歴〉を偏重する人間を増加させる。〈学歴〉を得ることで、高い〈地位〉に就けようとすることが「親がかり」になると、不幸な子供を増やすことになる。間違いのない目標を示すことができない親の増加は、〈社会〉を担う次の世代の人生を狂わせ、〈社会〉の「持続可能性」を失わせる。

本来は同じ〈社会〉に棲む他の人の役に立つことで得られる〈評価〉を、〈地位〉に就くだけで得ようとする人間は、なりふり構わずにその〈地位〉に就こうとする。そんな人間は、他人のことなど関係が無いかのように、「自分さえ良ければよい」と考える。「自分さえ良ければよい」と考える人間が多くいる〈社会〉は、病気に侵された生物と同じだと思う。そのような人間は、同じ〈社会〉に棲む他の人々の努力を搾取して生きている。しかし、病巣となる細胞も宿主である生物が命を失っては、自身も生きていけない。同じ〈社会〉の構成員は、その健全さを守らなければならない。そのためには、自身の適性を見極めて〈社会〉の健全な運営に貢献する必要がある。正確な見極めは、自身ではできないのかも知れない。

人々は、自身や他の人々の適性を判断する目を持たねばならない。人を見る目は、幼い頃から、様々な人々を見ることで養われると思う。最近は、子供たちの集団として薩摩の「郷中」が有名になった。会津の「什」もよく知られている。

現代では、家の前を自動車が走り、家の周囲に子供が屯する場所もない。子供たちの遊び場となった「鎮守の森」も無くなった。子供は個室を与えられてゲームなどで一人で遊ぶ。そして、塾で同じ年齢の子供と受験戦争における競争だけを強いられる。

また、人は子供の頃から「他の人々の喜びが自身の喜びに繋がること」やノーブレスオブリージュの大切さを自覚する必要がある。それは、大人の日頃の行動や学校での教育によって養われる。

古くなるが、「総理の犯罪」として有名な「ロッキード事件」の公判の場で、商社の丸紅に属した他の被告が無罪を主張するなか、大久保利春は自分たちの罪を認めた。この時大久保の脳裏には、祖父の大久保利通を汚してはならないという思いがあったと想像する。

小泉元首相の発言で話題となった「米百俵」の故事が教えていることが大事だと思う。現代の政策は、殆どが場当たり的で対症療法のようだと感じる。〈社会〉のサステイナビリティを実現するためには、今の世代の大人が〈社会〉の進むべき方向を明確に示すとともに、それを動かす次の世代の人々を育成することが重要である。

日本でも、長い年月を要して培われた〈道徳〉は人々に行動の指針を与え、〈正義〉についての判断基準を示す。そして、そこには「恥の文化」が根底にある。新渡戸稲造の手になる『武士道』は、日本人の規範とする所をよくまとめていて、外国にも知れ渡っている。

古くなるが、『楢山節考』が1983年にカンヌ映画祭でパルム・ドールを獲得した。私は、この映画には「社会」のサステイナビリティを得るために集団で生きる人々の秩序の守り方が示されていると思う。

置かれた〈環境〉が人をつくる。そして人がつくる〈社会〉の健全さが、そこに棲む人々の幸せを実現する。〈社会〉を健全に運営しようとする人を多くする必要がある。同時に、目先に見える自身の欲を満たすことを最善とする人間は少なくする必要がある。

いつの頃からか、〈勧善懲悪〉を望むことは現実的でないという風潮が出来上がった。

ハーバード大学のサンデル教授の『白熱教室』というテレビの番組もあり、〈正義〉が話題となった。今こそ、〈社会〉の〈正義〉とは何かを考え、それを守っていかねばならない。

〈社会〉の健全な運営が、人々に幸福をもたらす。本来、同じ〈社会〉を動かしている人の間に「格差」が生じるはずはない。〈評価〉の違いは報酬の違いを生み出す。それゆえに、誤った〈評価〉は報酬の誤りをもたらす。そのような誤りが無いよう、人々は常に〈社会〉の監視を続けなければならない。

古代ローマの皇帝であったアントニウス・ピウスは「責任を果たしていない者が報酬をもらい続けることほど、国家にとって残酷で無駄な行為はない」という言葉を残した。報酬は〈社会〉への貢献の対価としてあるはずである。

ベーシックインカム考

ブラジルのマリカという町では、地域通貨のムンブカがベーシックインカム（Basic Income：ＢＩ）として住民に給付されている。その給付や買い物の支払いは電子決済で行われる。雇用が守られ、景気も良いマリカは「奇跡の町」と呼ばれている。

ＢＩは、このコロナ禍で日本の国民に一律に給付された、10万円の特別定額給付金のように、一般に「年収などにかかわらず、住民に一定額の貨幣を支給すること」と捉えられている。ただ、マリカではムンブカは富裕層には給付されない。

マリカ内でしか通用しない地域通貨であるムンブカを使うことにより、消費された貨幣は地域を循環する。また、ムンブカの迅速な使用は地域の経済を活発にして、景気は良くなり、雇用は守られる。

「ムンブカ」は、20世紀の初頭の大恐慌の際に実業家でもあったドイツのシルビオ・ゲゼルの理論に則って、オーストリアのヴェルグルという町で発行された「労働証明書」と似た働きをしているように思う。１００年以上も前に、提案された理論の正しさは改めて証明された。

「労働証明書」は「減価する貨幣」であった。それは、その価値を維持するためには貨幣の追加が必要であり、通貨となることによって貯蓄を不利にして流通を促進する。そして、その発行は恐慌を治めた。

現実の多くの物は時間が経つと腐敗したり、破損して価値が下がる。それと同じ性質を持つ「減価する貨幣」は「物と物の交換のための媒介物」としての貨幣の成り立ちに整合するとともに、貨幣の使用が促される。

シルビオ・ゲゼルの説に従うことは、経済の世界において天動説から地動説へのパラダイムの転換と同じようなものである。「将来の人々はマルクスの精神よりはゲゼルの精神にいっそう多くのものを学ぶであろうと私は信ずる」と高名な経済学者のケインズもその著書の中で述べている。

友人のアルバート・アインシュタインは「貯め込むことができない貨幣の創出は別の基本形態をもった所有制度に私たちを導くであろう」と述べた。やはり高名なルドルフ・シュタイナーはシルビオ・ゲゼルの提唱した自由経済運動に完全に同意した。

ＢＩの財源はどのように確保するのかという議論もあるが、マリカでは発見された油田から採れる原油による収入が充てられている。しかし、これは本当のＢＩなのだろうか。富裕層の存在を認めることに加えて、財源の確保が必要であるということに、何だか現在の「資本主義」を前提としているように感じる。

本来のＢＩは「社会」の健全な活動の継続のために、その構成員が働けるように構成員の全員に配給される。そして、富を持つ者がより多くの富を得る「資本主義」ではなく、「社会」に棲む人の全てが生きがいを感じる、真の「社会主義」を実現するためにある。

人間の「社会」は一つの生物のように思える。そして、その構成員はその生物の様々な器官のように見える。また、全ての器官が健全に働いていることがその生物の生命の維持のためには必要である。

各器官にはそれぞれの役割がある。様々な器官は生物の健全な活動のために全て必要であり、「右手の方が左手よりも偉い」などのような、各器官の間に優劣はない。決して、脳は肛門より偉くない。

それぞれの器官が働くためには酸素や栄養の供給が必要であり、生物においては血液がそれらを運ぶ。分業が発達した人間の「社会」においては、貨幣が酸素や栄養の役割を果たし、その流通が血液の働きをする。血液は滞らないことが大事である。

その様な性格を持つ貨幣は、「社会」の構成員の全員に、その活動に必要なだけ行き渡らなければならない。それぞれの構成員は自身に与えられた役割を果たしていれば、その「社会」に存在できるだけの貨幣が手に入るはずである。

また、器官が故障によって働けなくなった時には、迅速な修理とともに、他の器官の援助が必要である。「社会」においては、様々な社会保障が活かされるべきである。そして、器官が健全であるにもかかわらず、何らかの「社会のシステム」の欠陥によって、貨幣が「社会」の構成員に届かないときにBIはその欠陥を補完することになる。

災害が起きた時、人は避難所に収容される。そして、生きるために必要な最低限の食料や衣服などが支給される。現在BIと呼ばれているものは、その時に支給される物品と同じである。

本来のBIは、とにかく生きることを目的とする非常時ではなく、平時に「社会」の健全な運営のために、その構成員の生活に必要なものである。きっと、娯楽や休息なども健全な生活には必要であろう。

そのため、各構成員が手にするBIは一律の額ではなく、「社会」の中で自身の役割を果たすために必要な額であるべきだと思う。そして、支給される貨幣が貯蓄することが不利になる「減価する貨幣」であることが望ましい。

このように考えると、「社会」に属する人が自身の役割を果たすために、必要な「減価する貨幣」が究極のＢＩであると言える。そして、その人が不可抗力な原因で働けなくなった時に適切な援助ができる仕組みを作っておくことが大事である。

すなわち、お互いを信じ合うことができ、助け合える「社会」が実現されている時の各構成員の所得が究極のＢＩだと思う。決して、一時的に給付される定額の貨幣がＢＩだとは思わない。

働かなくても生活に必要な貨幣が与えられることは、人々から勤労意欲を奪う。ナウル共和国では、生活に必要な貨幣が国土の資源であるリン鉱石の輸出による収入を財源として全国民に給付された。その結果、勤労意欲を無くす国民が増え、リン鉱石が掘り尽くされた後には、肥満や糖尿病などの贅沢病に悩む国民が多く生まれた。

最近はＢＩのことがよく採り上げられ、その支給の重要性を指摘する者もいる。その中には、自分たちだけの利益を考えて、継続的にＢＩを支給する代わりに様々な社会保障を無くそうと企む者もいる。貨幣の支給に目がくらみ、その様な陰謀を見落としてはならない。

「平等」と「自由」

人は「社会」という有機体を他の人と、お互いに協力して運営していることで「平等」である。そして、他からの命令に従っているのではなく、自身の属する有機体の健全な運営のために、自身の意志で働いていることで「自由」だと思う。

ここでいう「社会」は「国家」のレベルであったり、「会社」や「家庭」などのレベルであったりする。「長」という名の付く役職に就いている人が、下位の者に命令するのが当たり前だと捉えている人が多い。

けれども、役職は人の「上下」を明確にするものではなく、「役割」を表すものだと思う。このような考えから、一般的には「自由」と「平等」という順序でとり上げられる、これら二つの言葉を、あえて「平等」と「自由」の順序で考えたいと思う。

人は、「社会」という生物の手や足などの器官だと思う。そして、それぞれの器官が自身の役割を果たすことによって、その生物は健全でいられる。それぞれの器官は、一つの「生物」を構成するということで「平等」なのである。決して、脳の方が肛門より偉いということはない。

それぞれの器官は他の器官と協力しながら、一つの生物の健全さを保っている。脳という一つの器官が他の器官を支配して命令を下しているのではない。現実の世界において考えると、学歴や閨閥が人の優劣を決めることが多い。

そのようなことが起こると、「適材適所」ではなく、「敵材敵所」になってしまう。まるで次に示した「福笑い」のように、目や口などを本来あるべき場所にいなくさせてしまう。

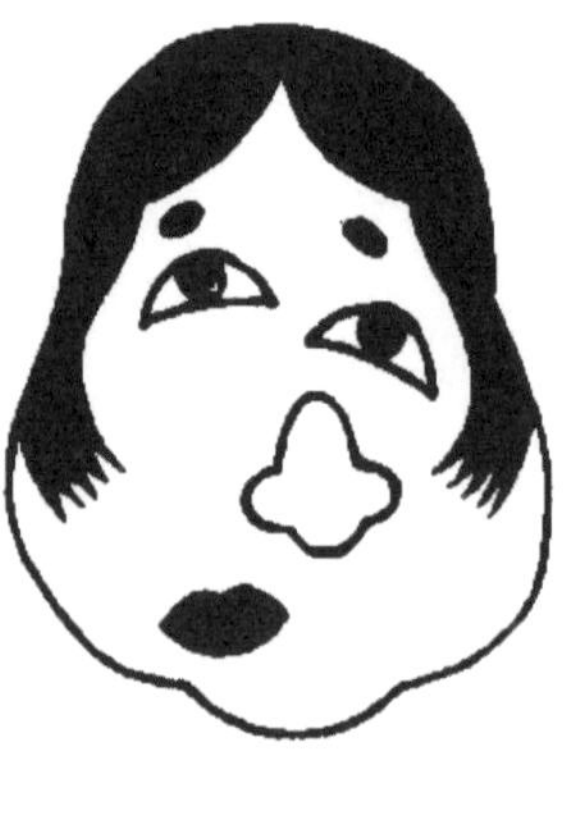

第二種換気方式

「換気」すなわち部屋の空気の入れ替えに、「換気扇」などの機械を使うことがある。少し専門的になるが、その方法は「第一種換気方式」に始まり、「第四種換気方式」で終わる四つに分類される。それらの分類は、新鮮な空気を取り入れる「給気」と汚れた空気を追い出す「排気」のどちらに機械を使うか、あるいはそのどちらにも機械を使うか使わないかで行われる。

そのうち「第一種換気方式」は、「給気」・「排気」ともに機械を使う。クリーンルームなどで、部屋の空気を非常に清浄な状態に保たなければならない場合に採用される。そのときは、部屋のどこにも「隙間」がないようにする必要がある。

「第二種換気方式」は、「給気」に機械を使う。そのため、部屋に新鮮な空気を押し込むことになり、部屋の空気の圧力は高くなる。そして、部屋のどこかに「隙間」があっても、外から空気が入ることはなく、「第一種換気方式」ほどではないが、部屋の空気を清浄に保つことができる。

こんな話を持ち出したのは、最近の日本の様々な分野で起きる「虚偽事件」や「偽装事件」との関係について言いたいからである。日本では、「水と安全はタダ（無料）」であった。そんな状況は、恵まれた「自然」とそれを大事にする人々の「心構え」、そして自分の仕事に責任を持って人には迷惑をかけないという「気構え」がつくっていた。

そして、それらの「心構え」や「気構え」は、日本の「道徳」によって醸し出されていた。皆が自分の持ち場で精一杯に他人を思いやりながら頑張っていた。そこでは、人は他の人がすることを信用できた。

「政治家」や「役人」は自分の役目を果たそうとして行動した。「ものをつくる人」は、使う人の身になって考えた。「食べ物を扱う人」は、人々の生命の安全や健康を気遣った。

昔の日本では、周りの人は皆が自分のことを考えてくれていた。そんな雰囲気は、そこにいる人に「安心感」を与えるとともに、自分も他の人のことを考えなければならないと思わせた。けれども今は、「自分のものは自分で守る」のが正しいとされている。

日本人は当たり前のように、持ち物を床に置いたりベンチに置いた。置いた物が盗まれるなどとは考えもしなかった。そんなことは、決して起きないと思っていた。しかし、「他人を見れば泥棒と思う」のが正しいような雰囲気がいつの間にか蔓延している。

作家の星新一に「ショートショート」という形式の小説がある。その中で、とくに面白く思った話がある。その話の中では、駅のホームで電車を待っていた男が後ろから押され、危うく線路に落ちかけた。からくも命を拾った男は、自分の背中を押した人間を捕まえて問い詰めた。

自分を殺そうとした人間は、ついに殺せと命じた人間を白状した。男は、自分を殺せと命じた人間を探し出して問い詰めた。すると、その人間は別の人間に命令されたことを告白した。男はその命令をした人間を見つけ出して、問い詰めた。その結果、その人間も他の人間に命令されていたことが分かった。

男は同じことを繰り返した。しかし、最初に命令を下した人間は見つけられなかった。ただ、同じ街に住むほとんどの人間が、自分を殺そうとしていることだけは分かった。この話を読んだときに、「社会」のあり方が暗示されているように思えた。

小説では、周りのほとんどが男の敵である。その反対に、ある「社会」にいる人が自分の周りにいる人々を思いやり、少なくとも迷惑はかけないと思えば、その中にいる人にとって、周りのすべての人々が自分の味方になる。

良かれと思うことを、「社会」の全員に行うのではなく、周りの人だけに行うことで、人が人を思いやる「社会」ができる。

「社会」に棲むすべての人のことを心配しないでも、自分ができる範囲のことだけをすればよい。ただ、自分の周りの人の幸せを願う気持ちが「社会」を構成する人々にあれば、棲み心地のよい「社会」はできる。

周りの人々を疑わねばならない「社会」は、進んだ「社会」といえるのだろうか。自分の受けた不利益は法律でしか解消されないのだろうか。完璧な制度はできなくても、「社会」を構成する人々がいつも周りの人々のことを思いやる。そして、人に迷惑をかけたときには、素直に謝る。それだけでよいと思う。

「建築学」を学び、「第二種換気方式」があることを知ったとき、私はそんなことを連想した。棲む人がお互いに信頼できる「社会」をつくることが大事である。そのためには、「道徳」と呼ばれる社会のルールを確立することが前提になる。まさに、「情けは人の為ならず」だと思う。

日本建築に見る和の精神

古来、日本では内と外の区別をせずに建物を造ってきた。それは、敷地の境に生垣を用いてきたことや、庭と部屋とのつながりに見える。建物の外壁となる雨戸や障子も破ろうと思えば、容易に破ることができた。

茶室では生垣さえ無く、石を縄で十字に縛った「関守石《せきもりいし》」で建物を囲み、自分の領域を示すことがある。これなどは、他人の領域を侵すことは良くないという日本人の常識を前提とした約束事を表すとともに、それが周知され守られていた証拠だと思う。

また、日本の伝統的な建物では、内部である部屋と外部である庭との繋がりを重視してきた。すなわち、部屋と庭とは一体のものとして扱われた。その際、「縁側」は内部と外部の中間的な領域となった。

このような建物の在り方が成り立つのは、敷地を含めた建物の周りが安全であることが前提になっており、日本が周りを海で囲まれ、外部からの侵入がなかったことがそれを助けた。それに対して、外部からの敵の侵入が心配される場所では、堅固な城壁などで街を取り囲んだ。

そして、日本では周りの人々を信用することができた。それには長い時間が必要であったとは思うが、お互いを信用することが自分にとって最も棲みやすい社会を手に入れることになると日本人は学んだ。

日本人は平気で持ち物を置く。悪意のある人以外は、それを盗んだりしないと思っている。日本にいるときと同じようにして持ち物を盗まれた、海外旅行に出かけた日本人は多くいる。そんなとき、油断した者が悪いと盗まれた人が責められる。

また、周りの自然と一体となった建物は、柱や梁といった細長い部材で骨組みを構築する「軸組式構法」が可能にしている。それらの材料となる木が簡単に手に入った日本の自然がその前提となる。

それに対して、石で建物の骨組みを構築するためには、石を積み上げて壁を造らなければならない。そのように、壁が骨組みとなる構法は「壁式構法」と呼ばれる。また、壁式構法では壁によって内部と外部が明確に分かれる。

軸組式構法の建物では、壁がなくても自立できるため、夏は障子を開け放って通風を確保することができた。それは、蒸し暑い日本の夏に適していた。さすがに、冬には寒さを防ぐために襖が使われた。しかし、襖には植物などが障壁画として描かれ、それらに囲まれた室内では、自然と一体となっていることが実感されたと思う。

このように伝統的な日本建築を見てくると、それは周りの人々への信頼や人間は、自然の中で生きていることの自覚が前提となって成り立っていることが分かる。そして、そのような信頼や自覚は「和の精神」として日本建築の中で育つ次の世代に受け継がれた。

心を映す鏡

人の姿は鏡に映る。しかし、人の心は鏡には映らない。そのことを利用する人間は多くいる。見てくれだけを整えて、善人ぶっている悪人がいる。口先だけで人をごまかせると思っている「口舌の徒」なども、心の中は見ることができないだろうと高を括っているように思える。人の心は見えないが、人の表情はその人の心の中を表していると思う。
また、自分が接している人の表情はその人の心を表すだけでなく、対面している自分自身の心も映すと思う。それゆえに、接している人の表情から自身の心の中を見ることができる。その意味で、人の表情は「心を映す鏡」だと言える。

舛添元東京都知事についても、東京都民はその心を知り、怒った表情をした。報道されていることが事実であれば、「カネさえあれば、何でもできる」と考えていたことが分かる。よほど貧しい育ち方をしたのだろうと思う。親に恥をかかせる生き方をする人だと思う。

ただ、舛添氏を都知事に選んだのは、多くの東京都民である。その人たちも、その時は舛添氏の心が分からなかったのだろう。「明晰な頭脳の持ち主」・「親の介護をした孝行者」・「清い金銭感覚の持ち主」というイメージを抱いて自分たちのリーダーにしたと思う。

それらのイメージはマスコミによって作られた。マスコミがデマを流すことは、今に始まったことではない。先の大戦も、マスコミに踊らされた一般国民が支持した。「戦争反対」を訴えた人は「非国民」にされた。ほんの一部ではあったが、舛添氏の介護はでたらめであったことやカネに対する汚さを報道したメディアもあった。

舛添氏の後を継いだ小池百合子氏も「決断力のなさ」などが露呈して、メッキが剝がれてきた。小池百合子氏の表情にも心の醜さを感じる。新たな口舌の徒が、また都民を間違った方向に導こうとしていると思う。

大阪では、「庶民の味方」のイメージを抱かせた山田勇が知事に選ばれた。「正義の味方」のように思われた猪瀬直樹も東京都知事を辞任せざるを得なかった。「拉致被害者の救済者」のイメージを抱かせた安倍晋三は、「拉致問題」を解決しないまま日本を「戦争ができる国」にした。

わが国の首相である安倍晋三も多くの今の日本人の心の投影である。日本国民の心のおかしさが「安倍晋三」という目に見える形で顕れている。選挙で選ばれた他の政治家も投票者の心の投影である。

戦前においては、「東条英機」という姿で多くの日本国民の心が映った。そのような事実がありながら、自身の心の投影である「東条英機」だけを悪者にして平然としている日本人が多くいる。

人の表情から、その人の心の中を推察するためには訓練が要る。小さいときから、雑多な人の中で過ごす経験を積むことによって、人はその能力を身に付ける。ここで心配なのは、今の若い人は相手の表情から自身の心の中を読む訓練ができていないように感じることである。それは、その人たちよりも前の世代の人たちが作った環境のせいだと思う。

その環境とは、「学歴」を高めることが「社会」で成功するためには有効であり、小さいときから子供を塾に入れて「受験テクニック」を身に付けさせることが大事だという雰囲気である。

そのような環境の中で、子供は小さい時から塾に入れられ、同じような年齢の子供と「学力テストの成績」という、人間のほんの一部の能力を測るだけの指標を判定基準として競争させられる。

あまり物事を考えることができない子供ほど、「学力テストの成績」を上げることに血眼になる。「世間」で良いと言われている大学に入学することが、「社会」で自身が評価されることになると思い、「受験テクニック」を磨こうとする。

果たして、そのような環境の中で他の人を思いやり、いろいろな人と共生できる「大人」が育つのだろうか。学校の成績には関係なく、「年下の子供は守らなければならない」や「困っている人を助けてやろう」という気持ちを持った人が育つのだろうか。

年齢や育った環境の異なる子供で構成される集団の中で、子供は年齢を重ねるべきだと思う。人は、いろいろな人と接することで自立した「大人」になるための学習をする。先に生まれた者は、そのような環境を後から生まれてくる者のために作らなければならない。

また、「大人」と呼ばれる年齢に達している者も、いろいろな人に接する必要がある。「空気を読む」ことが「長いものに巻かれる」や「忖度する」と同じになってはいけない。それは「周りの人の気持ちが分かる」ことになるべきだと思う。

私は、今の「社会」の状況が続くことは、カネやそれを得るために有効だと考えられている「学歴」を偏重する人間を増やすことになると思っている。「社会」を動かしている「大人」は、「幸せとは何か」について深く考えなければならないと思う。

ならぬことはならぬ

ＮＨＫの大河ドラマ『八重の桜』もあり、古い時代の会津への関心が高まっている。その時代の会津では、「什《じゅう》」という子供たちの集団があったらしい。この集団には規範があり、「什の掟」と名付けられた。その中でも有名なのは、以下のようなものであり、かなり具体的な規定になっている。

1. 年長者の言ふことに背いてはなりませぬ
2. 年長者には御辞儀をしなければなりませぬ
3. 虚言を言ふ事はなりませぬ
4. 卑怯な振舞をしてはなりませぬ
5. 弱い者をいぢめてはなりませぬ
6. 戸外で物を食べてはなりませぬ
7. 戸外で婦人と言葉を交えてはなりませぬ

ならぬことはならぬものです

近年では、「ならぬことはならぬ」の精神を活かそうと「NARANU」の頭文字を使ったNN運動が盛んで、「什の掟」を改めた「あいづっこ宣言」という戒めがあり、学校でも教えられている。

性格も年齢も異なる子供たちが集団を造り、「共生」について実践を通して学ぶことは良いことだと思う。近所に住む子供たちが集団で行動し、学校で教えられたことが自分たちの家の周りで行われることを望む。

私は、この「ならぬことはならぬものです」という、最後の文言に注目したい。そして、「掟」に具体的に示された事柄だけでなく、もっと敷衍して「ならぬこと」を捉えたいと思っている。

「人を殺してはいけない」・「人を騙してはいけない」・「人の物を盗んではいけない」などは、他の人から教わらなくても皆が当たり前のことだと思っている。こんなことが、私の考えている「ならぬこと」である。そして、それらは大勢の人が「共生」するためのルールだと思っている。

だが、戦争の下ではその反対が良いこととされる。例えば、多くの人を殺した者が英雄になる。敵を欺く作戦が良い作戦になる。より多くの戦利品を奪うことが良いことだとされる。

このように考えると、「戦争」は人類の「共生」を破壊する行為なのだと思う。また、「共生」が前提となる「サステイナビリティ（持続可能性）」をも無くさせてしまう。「戦争」は、人類を滅亡させると思う。そして、その発端は「国益」と「国益」のぶつかり合いであることが多い。

戦争は怨嗟を産む。そして、その怨嗟は連鎖する。中国では、漢民族による虐殺が他の民族の恨みを買っている。今の時代に、チンギスハンが率いた蒙古軍の虐殺のことを言う漢民族の大学生もいる。信じる宗教の違いが戦争を引き起こすこともある。

今の政治家は「国益」という言葉を多用する。「国益」を守ることが国民からの信頼につながり、自身の人気も獲得できると信じているのだろう。しかし、それはポピュリズムであり、世界全体の繁栄には結びつかない。

ただ「弱肉強食」の風潮を助長するだけだと思う。他の繁栄が自身の繁栄をもたらす。まさに、「情けは人のためならず」だと思う。「人の喜ぶ顔を見て、自分も喜ぶ」べきだと思う。そして、その喜びは最も質の高い喜びだと思う。

「国益」を守るということは、世界という「社会」の中で自国さえ良ければよいと考えることに通じる。そこには、各国との「共生」は考慮されていない。そのような考えは、人類の持続可能性を無くしてしまう。

話は変わるが、「世論」と「輿論」という言葉があり、どちらも「よろん」と読む。「輿」という漢字は難しいので、「世」という漢字を使うようになったとも言われる。しかし、私は「世論」と「輿論」を違うものとして考えている。

偉そうに「世論」と「輿論」は違うと、さも自分が気づいたように言っているが、このことは福沢諭吉が先に述べている。私も「世論」とは次元の違うものとして、「輿論」を考えたい。

すなわち、「世論」はその時々の一般大衆の意見であり、「輿論」は先を見据えた「大人」の意見だと思っている。「世論調査」によって、大衆の受けを狙うことを政治家はしてはいけない。国の進路を決める政治家は、「輿論」に耳を傾けるとともに真の「大人」であってほしい。「ならぬことはならぬ」のである。

映画『最後の忠臣蔵』を観て

先日、映画の『最後の忠臣蔵』を観た。佐藤浩一と役所広司という二人の俳優の演技にも感心したが、そのテーマにも共感を覚えた。二人が演じた、討ち入りの場を抜け出した浪士と大石内蔵助の付き人の生きざまを通して人間の生き方の「美」を感じた。

二人の演じた役は、「義士」と呼ばれて陽が当たった浪士ではなかった。大石内蔵助の命令を忠実に守り、名を捨てて討ち入り後の始末をした二人に映画はスポットライトを当てた。

とくに役所広司の演じた役は、大石内蔵助の隠し子を育てて嫁入りをさせ、自分の役目を果たした後に大石内蔵助の位牌の前で自害する。自害の壮絶さもあったが、楽な生活を送っても人から咎められないのに、死んでいった仲間の後を追った行為に、すすり泣く声が館内のあちらこちらから聞こえた。

中傷に耐えたり、隠れ住んで自身の責任を全うした二人の「生きざま」は、観た人に感動を与えた。「人の生き方」を問う、大変に見応えのある映画だと思った。そして、多くの人は同じものに「美」を感じることを再確認した。

人は、調和を保ちながら長く持続するものに「美」を感じると思う。しかし、現実の世界に目を向けると、「人を蹴落としてでも、自分が浮かび上がること」が「賢い生き方」だという雰囲気が蔓延している。それは、「美」とは対極の感じを人に与える。

そのような考えは、「人の社会」から持続性を奪う。自身も先祖からの流れの中にあることを忘れてしまっている。綿々と続く「人の社会」の流れを感じ、次の世代の幸せを考えなければならない。

「自分さえ良ければよい」という考えを持つ人が多くなるのは、社会の価値観の画一化にあると思う。すなわち、富や名誉を得ることが人生の最大の目標であるという価値観である。

そのような価値観が「拝金主義」や「受験戦争」を生み出す。その結果、カネさえあれば何でもできると考える人間や、適性も無しに「社会的評価」の高い地位に就こうとする人間が増える。

そんな考えを持つ人間が多くいる「社会」は「無縁社会」となり、弱者は棲めなくなる。プロボノなどで自身の力を「社会」に役立てようとする人が現れるのは、人の繋がりが希薄となる「社会の変質」が原因していると思う。

先日もNHKのテレビ番組で、台湾に進出した「日本」の旅館が取り上げられていた。それは、「日本」の旅館の「おもてなし」の心に焦点を合わせたものだった。その中で、台湾で採用された現地人の仲居さんが「おもてなし」をすることによって、客と心が繋がって充実感を得ていることが紹介された。

その番組では、キャスターがゲストとともに、「おもてなし」という形の見えないものを輸出することによって、「日本」の未来が開けるのではないかとコメントしていた。

確かに、「日本人」が培ってきた生活様式は、他の国の人には新鮮ですばらしいものに映ると思う。それは、人を思いやるという気持ちのもとに洗練されてきたものである。そして、それに則った人との接し方は、国の違いには関係なく人の心を動かすことができる。けれども、それを輸出するという考えは、ソフトウエアである「日本人の生活様式」をカネにしようとするものである。そこには、「カネを稼ぐことが良いことである」という考えが底に流れているように感じる。

人を思いやる心に根差した生活様式は、売る物ではない。それを広め、世界中の人々が身に付け、実践してくれることで世界中に「安心感」が広がり、棲み易い「社会」が出来上がる。

「自分のことを犠牲にしても他人を思いやる」など、見えないけれども大事なことはある。それが人の生き方にある時は、他の人に「品格」を感じさせる。先人たちが洗練してきた「道徳」を、今の時代で先に生まれてきた者が実践することによって、「日本人の社会」は「品格」を次の世代に身に付けさせてきた。

「品格」のある人が多い社会では、人は人を信用することができた。「安心感」を抱きながら、自身の仕事を通じて同じ社会に棲む人を思いやることができた。

今、まさにそのような「品格」を皆が意識して身に付ける時だと思う。その大切さを、まず「大人」と呼ばれる人が認識すべきである。そして、「家庭」や「学校」において、若い人に伝えていかなければならない。

映画の『最後の忠臣蔵』に感動した観客も、「品格」を身に付けることの大事さを日頃から感じていたのではないかと思った。

「渡り職人」としての大学教員

自身の腕を売り込み、工場などに雇ってもらう「渡り職人」という技能工がいる。「旋盤工」などの金属加工に優れた技能工であり、伝説になった職人もいた。もちろん、「渡り職人」は金属加工だけでなく、様々な分野にいる。

それらの人は、磨き上げた技を評価してもらうのであって、名の通った職場に所属していることを自己の評価としない。所属している職場の名だけが評価の対象となることは、何としてもそこに入ろうとするニセモノを作りやすい。

とくに「教育」の分野においては、それを意識することが大事だと思う。大学での教育になるが、世間は属している大学名で教員の優秀さの判断をすることが多い。その結果、何としても世間から優れていると評価されている大学に属そうとする教員が出てくる。

このことは教員だけでなく、学生にも当てはまると思う。世間で良いとされている大学に入ろうと、なりふり構わない受験戦争が繰り広げられる。また、入学の要件が学力テストの得点だけに偏ることは、子供たちに努力の方向を見誤らせる。

教員の話に戻ると、その評価はどこの大学に属しているかではなく、如何に良い講義ができるかでなければならない。それを受けた学生が、また受けたいと思える講義をしなければならない。

そして大学の教員は、自身が育てた学生が「さすが大学の教育を受けた人だ」と世間から認められるように努力と工夫を続けなければならない。そのためには、大学を卒業した人であれば当然できることを明らかにし、その達成度を評価する方法を確立しなければならない。

教員は学生を教え育てることを生業とする職人だと思う。職人はその腕の良さで評価される。決して自身の属している組織で評価されない。職人は、自身の腕を磨く努力を不断に続けなければならない。

現在のように、世間に暗黙の序列ができるような大学制度は間違っている。あちらこちらに世間が求める大学教育を行う場として大学があり、そこに出向いて「渡り職人」のように講義を行う大学教員がいることが望ましい。

「社会」に出るとは何か

寒かった冬が過ぎ、春がやって来た。あちらこちらに、新しい職場や学校にとまどい、そこでの風習を知るとともに、それに慣れようとする人たちが溢れている。

私は大学に勤めているが、この季節には毎年「おっかなびっくり」とした面持ちの学生たちの顔を多く目にする。そして、彼らを初々しく感じる。食堂でも、新入生たちが長蛇の列を作る。

一般的に「社会に出る」とは、「就職してカネを稼ぐようになる」ことだと捉えられている。そして、学校では「社会に出たら、そんな甘い考えは通用しないぞ」などと、まるで脅しのような言葉が使われる。

ここで少し考えたいのだが、人は学校を卒業したり、親元を離れて一人立ちすることで、初めて「社会」に出るのだろうか。

規模は小さいが、家庭も一つの社会だと思う。家庭が属する町内も、別の社会だと思う。同じように、子供たちのグループもやはり社会だと思う。人の集まりは、立派な社会だと思う。

そんな風に考えると、人は生まれた時から何らかの社会に属している。すなわち、社会に出ていると思う。そして、人は同時にいくつもの社会に属している。

本当に「社会に出る」とは、それまで何らかの「社会」に属し、そこでの風習に慣れ、その一員になることを目指していた人が、自身の属する社会を改善したり、新たな社会を作る人になることだと思う。

言いかえれば、周りの人の言うことを聞いていればよかった「子供」から、自身の考えで行動する自立した「大人」になることだと思う。

自らが社会を運営していくことが、本当の意味での「社会に出る」ことだと思う。そのためには、それまでに自身が属していた社会における経験を活かさなければならない。

「最近は、大人がいなくなった」とよく言われる。このときの「大人」は、新たな「社会」を作れなくても、少なくとも自身の属する「社会」を改善するとともに、それを運営することができる自立した人だと思う。

「大人」という言葉は、スペインの哲学者オルテガが言うところの「エリート」と重なる。そして、オルテガの言った「大衆」は「子供」に対応すると思う。オルテガの著書である『大衆の反逆』は、「子供」が「社会」を動かそうとする危険性を警告していると思う。

「社会」は「チーム」と同じである。「チーム」を健全に運営するためには、そこに属する人が「チーム」の目指す方向を明確に捉えている必要がある。また、人は「チーム」の和を乱してはならない。

そのための「学習」を、人は何らかの社会に属して、そこで成功や失敗を繰り返しながらする。そこでは「大人」による「子供」の「教育」が行われる。

「教育」は学校だけで行われるものではない。人は、自身の属する社会での経験を通して「学習」している。また、そこに先に属した人は、後から来た人を「教育」することになる。

人間は「社会的動物」であると言われる。人間は、自分一人では生きていけない。他の人と社会を形成して生きる宿命にある。であるからこそ、人は社会の中で生きていく術を身に付けなければならない。

「少人数教育」など、少しでも少ない人に教える教育方法が理想とされ、「個人教育」がその究極とされる。果たして、そうだろうか。多過ぎてはいけないが、ある程度の人数がいる中で教育されることで、人はいろいろなことを学ぶ。人との応対なども、そのような

「教育」によって学ぶことができると思う。

「清潔さが大事」と言う考えに則って、現代の「子供」は生まれた時から無菌状態の中で育てられる。そのように育った「子供」にアレルギー疾患を持つ者が多いことが指摘されている。

同じように、様々な個性や価値観を持った人と接することが少ない「子供」は、雑多な人々で構成された「社会」の中でうまく生きていくことが困難になるのではないだろうか。

そして「良い学校に進むことが大事」であり、そうすれば「世間で評価の高い会社」に入ることができるという偏った価値観に基づく「受験戦争」の激化が、その傾向を助長しているように感じる。

『西郷どん』は人生の完成予想図

ＮＨＫの大河ドラマ『西郷どん』が人気を博している。人々は、ドラマの中の西郷隆盛の生き方に感動しているのだと思う。そして、自身もそのように生きたいと思っているのだろう。

周りの人々を愛して正義を貫き、相手の持つ権力の大きさを恐れずに、自分の意見を堂々と主張する。その態度に大方の人は憧れ、男女に拘わらずに人から好かれる。そのような人は本当の「人たらし」だと思う。

まさに『西郷どん』の西郷隆盛は人としてあるべき姿を見える形で示してくれている。あんな人にはなりたくないと思わせる「反面教師」が多い中、真の教師像を見せてくれる。学校の教師だけではなく、先に生まれた者が次の世代にそのような生き方を実践して見せることが本当の教育だと思う。

周りの人に「この人に付いて行きたい」と思わせた西郷は今でも人気がある。郷土の鹿児島だけでなく、戊辰戦争で敵であった奥州にも「南洲神社」があり、戦争の後で西郷が行った寛大な処置は評価されている。

ドラマでは、その仇役として大久保利通が描かれている。しかし、大久保も私利私欲に走る人ではなかった。ただ、西洋の発展ぶりを目の当たりにして、日本も中央集権国家になって文明開化を急がなければ、西洋の列強に隷属させられてしまうという危機感を抱いていたのだと思う。

西郷と大久保では、世の中を見る視点の高さが違っていたように思う。確かに、明治の初めの時点では中央集権国家を造り、産業を振興して富国強兵を図らなければ、日本は植民地にされていたかも知れない。

けれども、西洋に倣って石炭や石油が持っていたエネルギーを新たな奴隷のように使い、カネを至上のものとしてモノに頼る文明を推し進めてきた結果、現在では自然環境の悪化や格差の増大が顕著になった。

カネも人を隷属させるための物だと言える。カネを貰った人は働かされたり、自身の持ち物を差し出させられたりする。自分が働いたり、物を造ったりした代償としてのカネはホンモノだと思うが、マネーゲームの結果としてのカネはニセモノだと思う。

その反面、西郷の唱えた「敬天愛人」の精神を活かすことは、「多様性」と訳されるダイバーシティを認めて秩序を維持することになり、サステイナビリティすなわち「持続可能性」を人間社会に与えることが明らかになってきた。

とくに、第2次大戦後の日本はアメリカ型の大量生産・大量消費を続けてきた。そして、「年次改革要望書」に従ってアメリカの言いなりになってきた。それらがもたらした悲劇が目の前に現れている。このことも、大久保の目指した「国家」の形の誤りを示している。

「EU」の失敗も、「EU」として一体にならなければならない所属国が自国の利益の優先を図ることが原因だと思う。アメリカを始め、多くの国で自国の利益のみを目指すナショナリズムが台頭していることを憂う。

また、政治家と呼ばれる人間のスキャンダルが盛んに報じられる。これも、誤った民主主義の下で適性の無い人間が口先だけで述べる理想論に、一般の人々が騙された結果だと思う。政治家としての資質を欠いた人間を政治家にすることは、「自分のことしか考えない子供に機関銃を持たせる」ようなものだと思う。

私たち、建築を専門とする者は「設計図書」と呼ばれる設計図と仕様書を見ることによって、設計された建築物を想像することができる。しかし、殆どの人はそれらが表している建築物の姿を思い浮かべることができないと思う。

そのため、建築物の完成予想図が示される。そして、それは透視図法に基づくパースペクティブドローイングあるいは、それに色を塗ったパースペクティブペインティングとして描かれるため「パース」と呼ばれる。同じように、『西郷どん』で演じられる西郷隆盛は理想的な人生の設計の完成予想図の役目を果たしている。

ただ、『西郷どん』の最終回で西南戦争の終わりに西郷隆盛が銃を構えるシーンがあった。人を愛することを信条とした西郷隆盛には、人を撃たせて欲しくはなかった。

植民地とは何か

現代では「植民地」と呼ばれる国は無い。植民地では原住民が働き、その成果は宗主国に搾取された。まさに、原住民は奴隷であると思う。そして、「奴隷は人間ではなく、物である」という考えが植民地を持つ国にはあったと思う。

しかし、実質的な植民地は今の時代にも存在すると思う。経済のグローバル化による経済ルールの一本化によって、一国の労働の成果が他の国に吸い上げられる。同じ国の中にあっても、貧困層の労働が富裕層の富を生み出し、植民地と同じ現象が起きている。

経済におけるグローバリズムは、新たな植民地主義としての一面を持っていると思う。この様な現象が起きるのも、国という枠を無くして世界が一つになる本来のグローバリズムではなく、国という集合が厳然としてあり、国益を優先することが善だとする考えが支配的であることが原因していると思う。

グローバリズム（globalism）は、各国は球形の（global）地球という星の上にあることからできた言葉である。ちなみに、地球儀のこともGlobeという。ただ、グローバルな世界であっても、独自の文化を築いてきた今までの国という集合体は認めて、その間のコミュニケーションを図ることが大事だと思う。

また、共同体に属しているという意識が低く、「自分さえ良ければよい」と考える人が多くなってきたことも大きな原因だと思う。そして、「カネさえあれば、何でもできる」と考えることはカネに隷属し、人をカネで操れると考えるのと同じである。


植民地経営と言っても、搾取を目的とするのではなく、共生を目指したものもあったと思う。一般に植民地と呼ばれるが、台湾や朝鮮は戦前に日本が統治していた。そこでは、インフラの整備などに日本国民の納めた税金が使われた。そして、生活を保つための秩序としての日本の文化が持ち込まれた。

日本の植民地となった国は、台湾や朝鮮だけではなかった。そして、そこでは搾取を目的とするのではなく、新附《しんぷ》の領土として日本の国土の拡大が図られた。まさに、寛容を前提とした真のグローバリズムの萌芽である「大東亜共栄圏」を目指していたと思う。

日本の統治の良さは、東日本大震災の時の台湾やパラオなどからの義援金が証明している。ただ、日本の統治下で様々な恩恵を受けても、日本を悪く言う国もある。しかし、その間違いは多くの人の知るところとなってきた。

国は、置かれた地勢の中で経験を積み重ね、それが文化や伝統になった一つの共同体であり、コミュニティーだと思う。ただ、それは決して閉じてはいけないと思う。コミュニティーどうしのコミュニケーションと助け合いが大事だと思う。

そして、私はコミュニティーどうしの繋がり方を、図示したように二つに分けて街道型・ターミナル型と名付けた。国民の全員とは言わないが、日本は国と国の街道型の繋がりを「大東亜共栄圏」という名で目指したのではないかと思う。

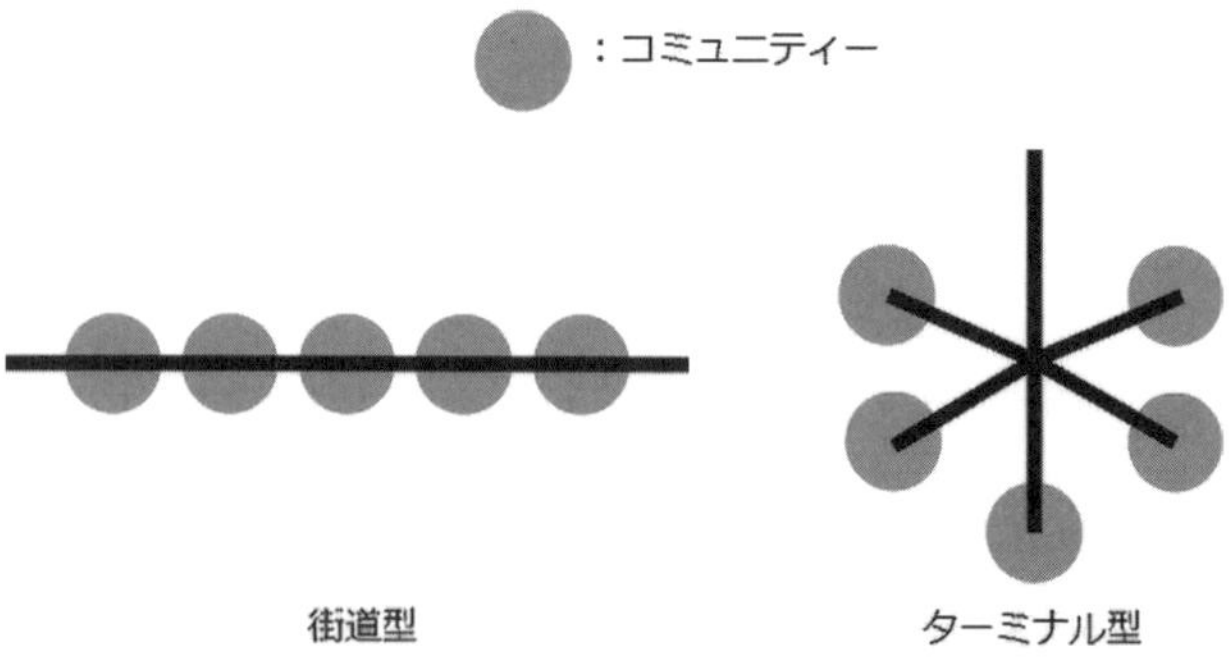

おわりに

勝手なことを、とりとめも無く書いた。ただ、私たちは世の中の流れに流されるだけでなく、健全な流れを作らねばならない。そのためには、声の大きな者や権力に従うだけでなく、いろいろな事を自身の頭で考えて行動することが大事だと思う。

そのためには、自身だけで考えるのではなく、他の人と議論することが大事である。また書籍によって、実際に会って話をすることができない過去の人の考えを知ることができる。現代に生きている人であっても、直接に話ができない人の考えを知ることができる。

ここで書いた私の考えも、多くの書籍や議論を経てできた。それは当然、これからも様々な経験によって変わると思う。けれども、私の考えが叩き台となって皆様の考えがまとまれば、望外の幸せになると思っている。

二〇二三年盛夏　武田雄二

著者プロフィール

武田 雄二（たけだ ゆうじ）

1952 年　愛媛県生まれ。
名古屋工業大学大学院修士課程建築学専攻修了。
愛知産業大学名誉教授、工業博士、一級建築士、インテリアプランナー。
著書
『建築施工　改訂版』（実教出版、共著、1989）
『建築人間工学』（彰国社、共著、1999）
『建築学テキスト　建築施工』（学芸出版社、共著、2004）
『建築学テキスト　建築計画基礎』（学芸出版社、共著、2010）
『図説　建築材料』（学芸出版社、共著、2022）
その他多数。

随想録 ～自然の摂理に従う社会の構築のために～

2024年 5 月15日　初版第 1 刷発行

著　者　武田 雄二
発行者　瓜谷 綱延
発行所　株式会社文芸社
〒160-0022　東京都新宿区新宿1－10－1
電話　03-5369-3060（代表）
03-5369-2299（販売）

印刷所　株式会社フクイン

ISBN978-4-286-25635-1